Helmut Richter

Blag im Pott

oder

… früher war alles besser?

Buch

„Früher war alles besser!" Diesen Satz liest oder hört man als Angehöriger der Nachkriegsgenerationen nahezu täglich. War das wirklich so oder wird die Vergangenheit mit zunehmendem Lebensalter nostalgisch verklärt?

In diesem kleinen Buch soll anhand der subjektiven Erlebnisse, Beobachtungen und Erfahrungen eines Ruhrgebietskindes der 1950-er und 1960-er Jahre in einer kleinen Zeitreise dieser Frage nachgegangen werden. Wie war es früher „hier im Pott" und wie ist es heute?

Weil jeder Mensch unterschiedliche Erfahrungen in seinem Leben gemacht hat, sind die Leserinnen und Leser des Buches eingeladen, die Frage aus auch ihrer individuellen Sicht für sich selbst zu beantworten.

Autor

Helmut Richter (*1955) absolvierte mit 15 Jahren nach seinem Realschulabschluss eine Ausbildung zum Maschinenschlosser. Anschließend besuchte er ein Sterkrader Gymnasium, legte sein Abitur ab und studierte Gitarre am Robert-Schumann-Institut in Düsseldorf sowie Maschinenbau, Erziehungswissenschaften und Physik an der Universität Duisburg. 1982 Prüfung zum Musikerzieher, 1983 erstes Staatsexamen in Maschinenbau und Physik. Später zusätzliche Studien in Psychologie und Neurobiologie.

Promotion zum Dr. phil. (Berufspädagogik). Zahlreiche CD- und Rundfunkaufnahmen, Buchveröffentlichungen und Veröffentlichungen eigener Kompositionen. Bundesgeschäftsführer der European Guitar Teachers Association. Bis zur Pensionierung 2021 Schulleiter eines Berufskollegs in Duisburg-Rheinhausen.

Helmut Richter

Blag im Pott

oder

… früher war alles besser?

Eine Kindheit im Ruhrgebiet

Für Dana und Alina

Bibliografische Information der Deutschen Nationalbibliothek: Die Deutsche Nationalbibliothek verzeichnet diese Publikation in der Deutschen Nationalbibliografie; detaillierte bibliografische Daten sind im Internet über www.dnb.de abrufbar.

© 2024 Dr. Helmut Richter
Verlag: BoD · Books on Demand GmbH,
In de Tarpen 42, 22848 Norderstedt
Druck: Libri Plureos GmbH, Friedensallee 273,
22763 Hamburg
Printed in Germany
ISBN: 978-3-7693-0319-3

Blage, Substantiv, f, Nebenform: Blag.
Aussprache [ˈblaːɡə]
Bedeutungen: Umgangssprachlich, nordwestdeutsch, abwertend: nerviges, ungezogenes Kind. Das Wort ist seit dem 20. Jahrhundert belegt. Kluge verweist auf niederländisch blaag → nl, ohne zu behaupten, dass es sich um eine Entlehnung handelt. Die weitere Herkunft des Wortes ist unklar. DWDS datiert das Wort ins 19. Jahrhundert
Synonym: Gör.
Oberbegriff: Kind.

Ruhrpott, Substantiv, m.
Aussprache: [ˈʁuːɐ̯ˌpɔt]
Bedeutungen: umgangssprachlich: Ballungsraum in Nordrhein-Westfalen, der Kernbereich liegt zwischen Duisburg und Dortmund begrenzt durch Rhein, Lippe und Ruhr mit etwa 5,3 Millionen Einwohnern
Herkunft: Determinativkompositum aus dem Namen Ruhr und dem Substantiv Pott
Synonyme: Kohlenpott, Revier, Ruhrgebiet
Kurzformen: Pott

(Vgl.: www. de.wiktionary.org/wiki)

Inhalt

Vorwort

Eigentlich hatte ich vor, ein kleines Buch über *eine* Kindheit und die frühen Jugendjahre eines Jungen in einer typischen Ruhrgebietsumgebung der 1960er bis 1970er Jahren zu schreiben. Aber schon nach den ersten Seiten wurde mir klar, dass ich nicht über *eine* Kindheit, sondern nur über *meine* Kindheit und *meine* frühen Jugendjahre schreiben kann. Sicherlich steht einiges von dem, was ich ge-lebt und er-lebt habe stellvertretend für das, was viele meiner Altersgenossen ebenfalls erlebt haben. Aber eben bei Weitem nicht alles. Deshalb ist es – trotz aller Bemühungen um eine möglichst große Allgemeingültigkeit – ein letztlich persönliches Buch geworden.

Insgesamt habe ich versucht, mich selbst und spezifisch familiäre Dinge ähnlich einer Autobiographie nicht zu sehr in den Vordergrund zu stellen, aber naturgemäß stehen einige meiner Erlebnisse in einem sozialen Kontext, sei's Familie, Kindergarten, Schule oder Freundschaften – die nun einmal fest mit meinem Lebenslauf verbunden sind. Das Buch sollte auch kein Heimatbuch oder gar ein wissenschaftliches Buch oder so etwas Ähnliches werden, ganz im Gegenteil – ich beschränke mich auf den persönlichen Gesichts- und Erlebniskreis eines Kindes in Oberhausen in den 1959er und 60er Jahren. Vielleicht bin ich an der einen oder anderen Stelle ungerecht oder ungenau oder liege vielleicht sogar falsch[1] – ich beschreibe nur, was *ich* erlebt oder gesehen habe.

In erster Linie geht es mir in den nachfolgenden Geschichten um eines: Vielfach hört und liest man, dass früher[2] alles besser war und dass Menschen meines Alters sich nostalgisch nach den „guten alten Zeiten" zurücksehnen. Es gibt sogar einige Lieder und Gedichte, die genau das thematisieren, beispielsweise:

Schön ist die Jugend
Bei frohen Zeiten,
Schön ist die Jugend,
Sie kommt nicht mehr.
So hört ich oft schon
Von alten Leuten
Und seht, von denen weiß ich's her.
Drum sag ich's noch einmal,
Schön sind die Jugendjahr,
Schön ist die Jugend,
Sie kommt nicht mehr![3]

Der Eindruck der „guten alten Zeit" wird durch

---

[1] Natürlich habe ich alle dargestellten Fakten – soweit dies heute noch möglich ist – überprüft.

[2] Während der Drucklegung dieses Buches entflammte nach einer Buchveröffentlichung von Thomas Gottschalk eine heftig kontrovers geführte Diskussion zum diesem Thema in den Medien.

[3] Sogar Heintje (Simons) hat das Lied gesungen, als er selbst noch ein Kind war!

einen in zahlreichen Versuchen verifizierten psychologischen Effekt verursacht, den uns unser Gehirn beschert: Gute, positive Ereignisse werden wesentlich lieber erinnert als negative Erlebnisse, die schlicht vergessen, ausgeblendet oder verdrängt werden.[4] Daraus entsteht der Eindruck, dass es in früheren Zeiten besser war. Aber war es wirklich so? Um das zu relativieren, schließe ich jedes der 10 Kapitel mit einer Beschreibung der tatsächlichen damaligen Verhältnisse ab und vergleiche sie mit den heutigen Gegebenheiten. Ähnlich wie bei einem Wettbewerb vergebe ich an die Vergangenheit und die Gegenwart Punkte – insgesamt 10 pro „Kategorie" bzw. Lebensbereich.

Naturgemäß ist die Sicht auf die Dinge individuell unterschiedlich, deshalb lade ich Sie ein, auf der letzten Seite des Buches Punkte aus Ihrer Sicht zu verteilen. Vielleicht kommen Sie zu einem vollkommen anderen Ergebnis als ich, je nachdem, in welchem Umfeld und mit welcher Perspektive auf das Leben Sie aufgewachsen sind. Gerade das ist doch

---

[4] Laut Psychologe Rüdiger Pohl („*Das autobiografische Gedächtnis. Die Psychologie unserer Lebensgeschichte*") erinnern wir uns oft falsch, und oft geht es in eine positive Richtung. Unsere Erinnerung ist nämlich wesentlich, wenn es um unser Selbstkonzept geht. Ungefähr 20 Jahre lang dauert es lt. Pohl, bis ein Mensch sich so ein stabiles Selbst aufgebaut hat. Dieses Selbstkonzept fußt auf Erinnerungen an Ereignisse, die uns bewegt oder überrascht haben, und die uns besonders wichtig sind. Aber meistens sortiert unser Gedächtnis rigoros aus, abstrahiert und verallgemeinert. (Nach: www.zeit.de vom 1. Juni 2018)

das Schöne am Leben, dass die eigene Biographie für jeden von uns einen Tick anders ist als bei anderen Menschen.

Zugleich möchte ich in aller gebotener Demut zeigen, dass sich die Welt (zumindest in Deutschland) nicht zuletzt durch das Wirken „meiner" Generation in vielen Bereichen des täglichen Lebens sehr zum Besseren gewandelt hat, angefangen beim Umweltschutz über Lebensqualität, Wohlstand und Besitz bis hin zur größeren Toleranz gegenüber individuellen Lebensweisen.

Eine heile Welt gab es nie außer vielleicht in den Köpfen der Kinder, die sich losgelöst von der Gegenwart im Spiel verlieren können. Ich weiß sehr wohl, dass wir als Gesellschaft noch einen weiten Weg vor uns haben; aber im Vergleich zu dem, was meine Generation von unseren Vorfahren übernommen hat, ist dieser Weg auf keinen Fall „steiler" oder schwieriger. Es war eben nicht alles besser, sondern wir (meine Generation) haben vieles besser gemacht, als es vorher war.

Außer in einem wichtigen, dem vielleicht wichtigsten Bereich des Lebens: im Bereich der sozialen und der zwischenmenschlichen Beziehungen. Hier scheint es früher tatsächlich besser gewesen zu sein. Eigentlich ist dies genau der Bereich, in dem wir alle ohne großen Aufwand aktiv werden können, um Verbesserungen herbeizuführen und damit die Lebenszufriedenheit, aber auch die „gefühlte Lebenszeit" zu steigern.

Im letzten Kapitel versuche ich deshalb, Wege aufzuzeigen, wie wir uns alle in einer Umwelt, die uns vergleichsweise viel mehr zu bieten hat als noch vor 50 Jahren, die aber auch wesentlich komplizierter ist als die „gute alte Zeit", wieder ein wenig an die „Schöne Jugendzeit" annähern könnten – oder, in Anlehnung an den Liedtext:

Schön war die Jugend!
Ein Stück davon bewahr' ich mir.

Viel Spaß beim Lesen meiner kleinen Reise durch die Zeit!

Der Start ins Umfeld

1955.

Der 2. Weltkrieg war 10 Jahre vorbei und die 1949 gegründete Bundesrepublik Deutschland feierte ihr sechsjähriges Bestehen. Die gröbsten Aufräumarbeiten nach den Verwüstungen des Krieges waren erledigt und allmählich begann die deutsche Wirtschaft zu florieren. Das Land stand an der Schwelle des Wirtschaftswunders, das die kommenden Jahre prägen sollte. Konrad Adenauer, der damalige Bundeskanzler, hatte nach zähen Verhandlungen mit der sowjetischen Regierung die Freilassung der letzten Kriegsgefangenen erreicht; im selben Jahr wurde auch die Bundeswehr als Nachfolgerin der Wehrmacht eingeführt. Der Gewinn der Fußballweltmeisterschaft im Jahr 1954 war der erste wirkliche Höhepunkt im Nachkriegsdeutschland.

Deutschland begann, wieder „wer" zu sein.

Geboren wurde ich als Kind von Eltern evangelischen Glaubens im – natürlich – evangelischen Krankenhaus in Oberhausen-Sterkrade. Es wäre undenkbar gewesen, außer in einem absoluten Notfall, als „Evangele" in ein katholisches Krankenhaus zu gehen – umgekehrt natürlich genauso: Ein „Kathole" in einem evangelischen Krankenhaus war ebenso unmöglich. Im evangelischen Krankenhaus führten die Diakonissen ein strenges Regiment. Sie waren an ihren schwarzen Kitteln und den weißen Hauben gut zu erkennen.

Natürlich kann ich mich nicht an „Nissen" erinnern, denn das Erinnerungsvermögen eines Menschen beginnt erst etwa mit dem dritten Lebensjahr; die Zeit davor liegt für den Einzelnen im Dunkeln, obwohl — wie man heute weiß — genau in diesem Zeitraum einige wichtige Weichen für die persönliche Entwicklung gestellt werden. Wenn Menschen meinen, dass sie sich an Erlebnisse in noch jüngeren Jahren erinnern können, dann liegt es daran, dass sie ihnen von den Eltern oder Geschwistern nachher erzählt worden sind, es sind also sozusagen Erlebnisse aus zweiter Hand.

Zurück zu den Diakonissen: Ich hatte aber in etwas höherem Alter das zweifelhafte Vergnügen, einige der gestrengen Damen im Krankenhaus kennenzulernen. Dazu später mehr. Aber meine Geburt haben sie offensichtlich ganz gut hinbekommen.

Die ersten zehn Monate meines Lebens verbrachte ich mit meinen Eltern und meinem acht Jahre älteren Bruder in einer Zwei-Zimmer-Dachwohnung in der „Schwarzen Heide", einem Teil vom Biefang, der wiederum ein Stadtteil von Sterkrade ist; und Sterkrade ist seit 1929 Teil der Großstadt Oberhausen. (So wirklich haben viele Sterkrader die Eingemeindung nach Oberhausen bis heute nicht verdaut, aber das ist ein anderes Thema).

Mein Vater arbeitete damals als kaufmännischer Angestellter bei der Gutehoffnungshütte (GHH), die ihren Stammsitz in Oberhausen hatte. Er war einer von den über 9.000 Mitarbeitern, die dort beim größten Anbieter von Arbeitsplätzen in der Stadt ihr Geld verdienten. Die Arbeitswoche hatte damals 48 Stunden, d. h. es wurde auch samstags gearbeitet. Der Urlaubsanspruch lag im Jahr 1950 noch bei zehn Tagen, also zwei Wochen im Jahr.

Meine Mutter war geborene Berlinerin, die nach der Hochzeit mit meinem Vater nach Oberhausen „in die Provinz" gezogen war. Als sie meinen Vater heiratete, dachte sie im fernen Berlin, dass die Bewohner des Rheinlandes täglich fröhlich trinkend und singend auf den Weinbergen sitzen würden. Man kann sich unschwer die Enttäuschung vorstellen, als sie die Oberhausener Realität erlebte. Sie hatte vor der Eheschließung als technische Zeichnerin bei Siemens in Berlin gearbeitet, musste aber – so war es damals üblich – mit der Verheiratung ihre berufliche Tätigkeit aufgeben. „*Die Frau gehört in den Haushalt*", so war die allgemeine Einstellung bei den Männern, die damals noch alles zu bestimmen hatten. Im Volksmund hieß das „KKK", also Küche, Kinder, Kirche – so wurde die soziale Rolle von Frauen damals schlagkräftig beschrieben und als gehorsame Ehefrau hatte man sich darin zu fügen.

Noch vor meinem ersten Geburtstag bezogen meine Eltern eine Neubauwohnung am Stemmersberg in Sterkrade. Der Stemmersberg ist nichts anderes als eine leichte Welle in der Sterkrader Ebene, vielleicht 10 bis 15 Meter höher als das umgebende Flachland. Der benachbarte Tackenberg ist etwas höher, aber nicht viel. Benannt ist der Stemmersberg nach der Bauernschaft Stemmer, die dort seit langer Zeit existierte.

Die Gutehoffnungshütte hatte dort um die Jahrhundertwende zum 20. Jahrhundert herum Häuser für die Arbeiterschaft errichtet: die Siedlung Stemmersberg, die heute (in restaurierter Form) unter Denkmalschutz steht.

Die Stemmerstraße war (und ist) ziemlich genau 250 m lang, wesentlich kürzer als ein Kreuzfahrschiff der heutigen Zeit. Am unteren Ende zweigt sie von der Teutoburger Straße ab, die als Hauptverkehrsader zur Nachbarstadt Bottrop hinführt, am oberen Ende kreuzt sie die Westerwaldstraße, die ihrerseits gleich zwei Landmarkfunktionen erfüllt: Einerseits bildet sie die Grenze zwischen Sterkrade und Osterfeld, anderrerseits auch die Grenze zwischen den ehemaligen Bezirken Rheinland auf der Sterkrader- und Westfalen auf der Osterfelder Seite. Die Bebauung der Stemmerstraße besteht hauptsächlich aus zwei- bis dreigeschossigen Mehrfamilienhäusern, die größtenteils im Rahmen des Wiederaufbaus entstanden.

Trotz der relativen Kürze bot die Stemmerstraße ein reichhaltiges Angebot an Geschäften: Zwei Lebensmittelgeschäfte („Kaufhaus Schmitz" und „Keuschen", wo man am Monatsende bei Geldknappheit „anschreiben" lassen konnte), zwei Kneipen mit Kegelbahn und „Tanzangeboten" an Wochenenden, eine Bäckerei, eine Metzgerei, und „umme Ecke" einen Friseur und ein Tapetengeschäft, einen „Milchbauern" und zwei „Buden" (also Trinkhallen, wie sie typisch sind für das Ruhrgebiet).

Die Innenstadt Sterkrade (heute nennt sich das „City") mit dem damaligen Verwaltungsgebäude der GHH und dem Tor 1 hin zu den Werkshallen liegen in etwa anderthalb Kilometer Entfernung; somit konnte mein Vater seinen Arbeitsplatz bequem zu Fuß erreichen.

Sparsam, wie mein Vater nun einmal war (und das ist noch sehr, sehr höflich formuliert) hatte er in dem Sechsfamilienhaus, in dem er eine neue Bleibe für die Familie gefunden hatte, eine Wohnung in der ersten Etage ausgewählt. Warum? Er hatte es mir einmal stolz erklärt: Bedingt durch die im Winter beheizte Wohnung im Erdgeschoss bekam unsere Wohnung keine Kälte von unten und im Sommer wurde die größte Hitze durch die Wohnung im Obergeschoss abgehalten. Zudem war das Haus einseitig an ein anderes, größeres Haus angebaut, sodass auch von dieser Seite keine winterliche Kälte zu erwarten war und auf der anderen Seite lag der Hausflur, der ebenso als Kältepuffer diente. Durch diese „Sandwich-Lage" der Wohnung wurden Heizkosten gespart!

Die Wohnung selbst hatte eine Größe von 64 Quadratmeter: Links des schmalen Flures der Wohnung lag die fast quadratische Küche mit ca. 10 m² und einem Kaltwasseranschluss, daneben das kleine Bad mit 6 m², geradeaus das Elternschlafzimmer (16 m²), zur Straßenseite hin (im Wohnungsflur auf der rechten Seite) das Wohnzimmer mit 20 m² sowie das Kinderzimmer mit ungefähr 12 m². Hinzu kamen eine kleine Abstellkammer sowie ein kleiner Keller („Kohlenkeller"). Angeboten wurden solche Wohnungen als „3,5-Raum, KDB". Das Kinderzimmer teilte ich mir mit meinem Bruder, auch dazu später mehr.

Der Boden der gesamten Wohnung war mit den damals modernen Linoleumfliesen (dunkelbraun) belegt, die Fenster waren aus Holz mit eingekittetem Einscheibenglas; in Küche, Schlaf- und Kinderzimmer mit „Oberlicht", also einem zu Lüftungszwecken herausklappbaren Fensterteil. Geheizt wurde im Winter mit einem Kohleofen im Wohnzimmer; ein zweiter Ofen stand in der Küche, dieser wurde jedoch nur bei großer winterlicher Kälte betrieben. Die Schlafräume blieben auch im strengsten Winter unbeheizt. In kalten Wintern bildeten sich an den Einscheiben-Fensterflächen Eisblumen: Die Feuchtigkeit der Raumluft schlug sich an den kalten Fensterscheiben nieder und gefror dort zu Eis. Das war zwar ein schöner Anblick, wirft aber ein Licht auf die Kälte, die im Kinderzimmer herrschte. Um aus dem Fenster schauen zu können, musste ich erst einmal die Eisschicht herunterkratzen. Ich kann mich auch gut an Winternächte erinnern, in denen ich so fror, dass ich wach wurde, weil meine Bettdecke auf den Boden gerutscht war. Im Gegenzug war es ein wunderbares, wohliges Gefühl, wenn ich mich im Halbschlaf wieder zudecken, wärmen und weiterschlummern konnte. An das morgendliche Aufstehen erinnere ich mich aus verständlichen Gründen sehr ungern, zumal das Badezimmer für die Morgentoilette ebenfalls ungeheizt und das Waschwasser eiskalt war. („Warm waschen" über der Badewanne kam gar nicht infrage, denn der Begriff „Warmduscher" war schon damals ein Schimpfwort für „Weicheier", und dazu wollte man auf keinen Fall zählen. Außerdem war das Gas des Boilers teuer.)

Im Bad war eine „Heizsonne" (so nannten wir damals einen Heizstrahler) installiert, die aus Kostengründen jedoch nur zum winterlichen Baden (am Samstag also) in Anspruch genommen wurde. Apropos Bad: Das Bad verfügte über ein Waschbecken mit einem Kaltwasserhahn, daneben einer Badewanne, über der ein Gasboiler installiert war, der für warmes (Bade-)wasser sorgte, sowie über eine Toilette, die unter einem kleinen Lüftungsfenster installiert war. Das war's – denn mehr war auf sechs Quadratmetern auch nicht unterzubringen.

Im Keller des Hauses befanden sich die „Gemeinschaftsräume", die von allen Mietern genutzt wurden: Waschkeller mit Sudkessel und Waschmaschine mit Wassermotor, Trockenkeller, Fahrradkeller (sogar mit Ständern) sowie – zugehörig zu jeder Einzelwohnung – sechs kleine Kellerräume mit abschließbarer Holzgittertür. Als Kind wagte ich mich übrigens nur mit Singen oder Pfeifen in den dunklen Keller; erst viele Jahre später wurde mir klar, dass ich instinktiv dasselbe machte wie viele andere Kinder auch, um die Angst vor imaginierten „Dunkelmännern", die in unserer Fantasie in Kellern und dunklen Wäldern lauerten, zu vertreiben. Im Herbst eines jeden Jahres bekamen wir eine Lieferung Kohle, Eierkohlen und Briketts, die vor unser Kellerfenster geschüttet und dann mit der Kohlenschaufel in den Keller geschafft wurden.

Die übliche Einrichtung der Wohnungen war ebenso überschaubar wie das Platzangebot: in der Küche Herd, Kühlschrank, Porzellanspülbecken, Tisch mit Stühlen und Küchenschrank mit pflegeleichter weißer Melamin- oder Bakelit-Kunststoffoberfläche. Im Schlafzimmer standen ein Doppelbett, ein Kleiderschrank, eine Frisierkommode sowie zwei „Nachttischchen" (tatsächlich auch noch mit einem Nachttopf), im Wohnzimmer gab es eine Sitzgarnitur, einen Wohnschrank, einen Esstisch mit Stühlen, den Ofen, einen Couchtisch in Nierenform, später dann auch ein Fernseher. In den Kinderzimmern standen bestenfalls Betten und ein einfacher Schrank. Das war's in der Regel. Mit zunehmendem Wohlstand wurden auch schon einmal gerahmte Kunstdrucke oder eine Wanduhr oder eine Wetterstation an die Wände genagelt. Diese wurden damals noch mit bunten Tapeten verkleidet. Da es die „Do-it-yourself" Kultur mit den dazugehörigen Baumärkten noch nicht gab, hatten die Maler und Anstreicher immer gut zu tun.

In den Kleiderschränken blieb nach dem Einhängen der kompletten vorhandenen Kleidung noch viel Platz. Mehr als zwei oder drei Kleidungsstücke zum Wechseln gab es nicht, und jeweils ein Satz war dem Sonntag vorbehalten, war also, wie man sagte, „für gut".

Exkurs: Wäschewaschen

Das Waschen der „Kochwäsche" ging folgendermaßen vor sich: Im Sudkessel wurde das Waschwasser (Wasser plus Waschmittel) mittels Kohlescheiten bis zur Kochtemperatur erhitzt. Dann wurde die Wäsche mit einem paddelähnlichen Holzstab in den von einem Wassermotor betriebenen Waschzuber gegeben, wo die Wäsche „geschlagen" – also hin- und herbewegt wurde. (Im Wassermotor wurde ein Kolben durch den Druck des angeschlossenen Kranwassers in eine Hin- und Herbewegung versetzt). Nach einigen Spülvorgängen mit kaltem Wasser (per Schlauch zugeführt) wurde die Wäsche durch eine handbetriebene Mangel gedreht und anschließend zum Trocknen im Trockenraum (oder im Hof) aufgehängt. Insgesamt dauerte der Waschvorgang für einen Wäschekorb voll mit Wäsche vier bis fünf Stunden. Nach dem Trocknen auf der Wäscheleine (Trockengeräte waren noch nicht verbreitet) wurden größere

---

Wäschestücke im Weidenkorb zur „Heißmangel" getragen, wo sie in einer großen Mangel geplättet wurden, kleinere Wäschestücke wurden auf dem heimischen Küchentisch mit einem Bügeleisen in Form gebracht.

Moderne Waschmaschinen konnten sich die meisten Familien erst in der 2. Hälfte der 1960er Jahre leisten, bei uns war das 1968 zur großen Erleichterung meiner Mutter der Fall. Unsere Waschmaschine stand in der Küche neben dem Herd. Die ersten Waschgänge wurden von uns wie eine Sendung im Fernsehen bestaunt – wir saßen tatsächlich vor der Maschine und starrten auf das Bullauge, hinter dem die Wäsche hin- und hergedreht wurde.

Waschbottich mit Presse

Insgesamt entsprach also die Wohnung den damaligen Standards für Neubauwohnungen, d. h. sie

hatte einen wesentlich höheren Wohnwert als die Alt-
bauwohnungen, die den Krieg halbwegs unbeschadet
überstanden hatten. Ich kann mir vorstellen, dass
meine Eltern damals heilfroh in diesem vergleichs-
weisen Luxus leben zu können.

Exkurs: Besitzstand im Wandel der Zeit

Ich habe einmal den Umfang des Besitzstands
meiner Familie in den 1960er Jahren aus meiner Erinnerung grob überschlagen: Insgesamt verfügte unsere damalige Wohnung über ca. 50 größere Einrich-
tungsgegenstände (Möbel, Küchengeräte, Lampen
usw.), hinzu kamen ca. 300 - 400 „Kleingegenstände"
(Kleidung, Geschirr, Besteck, Bilder, Bücher usw.).
Das war nicht viel, lag aber durchaus im Bereich einer durchschnittlichen Wohnungseinrichtung.

Heutzutage bezeichnet man eine solche Lebens-
weise als „Minimalismus".

Nach Erhebungen des Statistischen Bundesamtes
kam ein durchschnittlicher Haushalt vor 100 Jahren
mit rund 180 Gegenständen aus; heute besitzt ein
Haushalt mehr als 10.000 Gegenstände.

Durch die umfassende Computerisierung des Lebens findet jedoch aktuell eine Rückentwicklung statt.
Durch E-Book-Reader werden keine Bücher mehr ins
Regal gestellt, Streaming-Portale ersetzen die Schall-
platten oder CD-Sammlung und die hauseigene Vide-
othek usw.

Wohnen heute – „Früher war alles besser?"

„Früher war alles besser". Das ist ein Satz, den man häufig von Menschen meiner Generation zu hören bekommt. Schauen wir einmal, ob das so stimmt!

Mittlerweile gibt es in Deutschland den sozialrechtlichen Begriff „angemessene Wohnfläche". Demnach gilt als Mindestanforderung für eine vierköpfige Familie eine Wohnfläche von mindestens 95 m², verteilt auf vier Wohnräume, also Wohnzimmer plus ein Schlafzimmer für jede Person. Empfohlen wird als Richtwert eine Wohnfläche von 120 m² bis 130 m², also ungefähr doppelt so groß wie unsere oben beschriebene Wohnung. Ein Bauvorhaben mit Fenstern aus Einscheibenglas würde heute schon in der Bauantragsphase scheitern, wahrscheinlich ebenso eines ohne geeignete Warmwasserversorgung. Gleichfalls undenkbar wäre eine Beheizung einer Neubauwohnung mit fossilen Brennstoffen wie Kohle oder einzelnstehendem Ölofen.

Zudem waren die Schlafzimmer nicht beheizbar, weil sie keinen Kaminanschluss hatten. Eltern, die heutzutage ihre Kinder in einem unbeheizten Zimmer spielen oder nächtigen lassen würden, hätten sicherlich innerhalb kurzer Zeit unangenehmen Besuch vom Ordnungs- oder Jugendamt, verbunden mit einem deftigen Artikel in der örtlichen Presse oder in den „sozialen" Medien.

Der damalige Aufbau der Außenwände war (von außen nach innen): Zierklinker – dünne Dämmschicht – Hohlblocksteine – Innenputz, d. h. die Wärmeverluste an den Außenwänden waren wegen der geringen Dämmung enorm, was besonders im Winter zu einem sehr unangenehmen Wohnklima und einem sehr hohen Heizbedarf führte. Nach heutigen Richtlinien würde jeder Bauantrag hier ebenfalls sein Ende finden – denn Wände nach heutigem Standard halten, ähnlich wie die Mehrscheibengläser der Fenster, die Wärme dort, wo sie sein soll – in der Wohnung.

Die Zwischenwände waren – gemessen an heutigen Standards – recht dünn, sodass man regen Anteil am Leben der Nachbarschaft nehmen konnte.

Das Waschen der Wäsche war schwerste und sehr zeitintensive Knochenarbeit für die damals für's Waschen (KKK!) zuständige Hausfrau. Zudem hatte man sich als Mieter an die „Waschwoche" zu halten, da Waschküche und Trockenraum von allen Mietparteien genutzt wurden. Wäschen „zwischendurch" mussten mit den Nachbarn abgesprochen werden. („Kann ich ausnahmsweise zwei Tage von Ihnen haben? Sie bekommen dann zwei Tage in meiner Waschwoche.") Außerdem durfte die Hausfrau während der Waschwoche nicht krank werden, denn damals hatte man bestenfalls z. B. einen weiteren Satz (natürlich weißer!) Bettwäsche zum Wechseln, mit Unterwäsche (immer Feinripp in weiß!), Socken, Hosen usw. sah es nicht wesentlich anders aus – heute undenkbar!

Vom enormen Wasser- und Holz/Kohleverbrauch einer Wäsche sehen wir einmal ab, aber auch hier wären heute heftige Zulassungsbeschränkungen zu erwarten.

Die Waschbecken in Küche und Bad verfügten – wie bereits beschrieben – lediglich über einen Kaltwasseranschluss, warmes Wasser wurde bei Bedarf auf dem Küchenherd erhitzt. Im Badezimmer gab es eine Badewanne mit einem Gasboiler. Eine Dusche war damals im Ruhrgebiet außer in den Waschkauen der Bergleute noch weitgehend unbekannt – geduscht werden konnte bei Bedarf mit der „Brause", die über einen Schlauch mit dem Boiler verbunden war und mit der Hand geführt wurde.

Gebadet wurde in den meisten Haushalten samstags nach dem Mittagessen: Zuerst der Vater, dann die Kinder, manchmal aus Kostengründen sogar im gleichen Badewasser, so, wie es wunderbar besungen wurde von Wolf Biermann in seinem böse-makabren Lied „Familienbad":

26

Jeden Samstag geht der nette, fetter Vater
einen Eimer Kohlen holen
aus dem Keller für das Bad
dass er sau-, dass er sau-,
dass er saub're Kinder hat.

Würde ein Kind heute über diese Reinlichkeits-
kultur im Kindergarten berichten, dann wäre davon
auszugehen, dass auch hier reges Interesse beim Ju-
gendamt geweckt würde.
Fazit aus meiner Sicht: ein klares 8 : 2 für die
heutige Zeit im Hinblick auf Wohnen und Wohn-
komfort.

Kindergarten, Luft und Sonne

Im Alter von drei Jahren kam ich in den Kindergarten, der übrigens nicht konfessionell gebunden
war. Das Gebäude lag in ungefähr einem Kilometer
Entfernung von unserer Wohnung. In den ersten Wochen begleitete meine Mutter mich auf dem Weg
dorthin, später legte ich zusammen mit einigen anderen Kindern aus der Nachbarschaft Hin- und Rück-
weg alleine zurück.

Im Kindergarten wurden wir von 8 Uhr bis 12 Uhr
in Gruppen betreut, so, wie es heute auch noch üblich

ist. In meiner Gruppe befanden sich etwa 20 Kinder und unsere Kindergärtnerin war „Frollein" Hannelore. Das Angebot war vielfältig: Neben diversen Spielen gab es Ausflüge in die Nachbarschaft, Basteleien, frühe Verkehrserziehung auf dem zum Verkehrsübungsplatz ausgebauten Hof des Kindergartens und vieles mehr.

Ich ging gerne dorthin, denn meine heimische Ausstattung mit Spielzeug war, genauso wie bei meinen Kindergartenfreunden, eher spärlich. Die Gesamtheit meiner Spielzeuge passte damals in eine OMO-Trommel (Waschmittel): Einige Legosteine, mit denen man gerade ein kleines, sehr einfaches „Haus" bauen konnte, einige Spielzeugautos, eine aufziehbare Blechmaus und ein paar Bauklötze und kleine Stofftiere. Das war's. Wie gesagt – meine Freunde besaßen nicht mehr, also hatten wir viel Spaß an dem aus unserer Sicht üppigen Angebot des Kindergartens.

Als ich vier Jahre alt war, habe ich einmal den gesamten Betrieb im Kindergarten lahmgelegt. Ich zeigte die Symptome einer Diphterie, einer hochansteckenden Kinderkrankheit mit sogar möglichen tödlichen Folgen, die heute immer noch meldepflichtig ist. Der Kindergarten wurde umgehend unter Quarantäne gestellt und ich wurde unter Schutzmaßnahmen ins

Krankenhaus verfrachtet. Dort konnte nach einigen Untersuchungen Entwarnung gegeben werden. Die von mir gezeigten Symptome waren nicht Folge einer Diphtherie-Infektion, sondern sie stammten von einer vor sich hin faulenden Erbse, die in meiner Nase steckte. Wie war das Gemüse in meine Nase geraten? Nun, ganz einfach: Meine Mutter wollte eine Erbsensuppe kochen. Dazu mussten die getrockneten Erbsen am Vorabend in Wasser eingelegt werden, damit sie aufweichen. Beim Öffnen der Cellophan-Verpackung riss diese ein und die grünen Kügelchen verteilten sich auf dem Boden der Küche. Natürlich half ich meiner Mutter eifrig beim Einsammeln der harten Kugeln und dabei habe ich mir eben einmal eine oder zwei in meine Nase gesteckt. Kinder tun sowas nun einmal. Die Erbse fand dort ein angenehmes, feuchtes Klima vor, weichte auf und fing an zu faulen. Das Ergebnis dieses Prozesses ähnelte wohl stark den Symptomen einer Diphtherie-Infektion.

Die Stadt Oberhausen gilt als „Wiege der Industrie" und in den 1960er Jahres wurde sie diesem Ruf auch voll gerecht. Nur einen Steinwurf vom Gebäude des Kindergartens entfernt lagen die Werkshallen der Gutehoffnungshütte und im Umkreis von rund drei Kilometern befanden sich die Hüttenwerke Oberhausen (HOAG), einige Zechen mit angeschlossenen

Kokereien, ein Zementwerk sowie eine Chemiefabrik, die Ruhrchemie.

Irgendwelche Auflagen zum Umweltschutz gab es damals noch nicht, Industriegase wurden bestenfalls in abends weithin leuchtenden Flammen abgefeuert, ansonsten ungefiltert in die Luft geblasen. Insbesondere die Abgase der Ruhrchemie sorgten wegen ihres hohen Schwefelgehalts für einen ständig über der Stadt liegenden Geruch nach faulenden Eiern sowie für eine leichte Gelbfärbung der Luft. In wenigen hundert Metern Entfernung befand sich die Feuerverzinkerei der Gutehoffnungshütte, in der die dort gefertigten Stahlkonstruktionen durch Eintauchen in flüssiges Zink vor Korrosion geschützt wurden. Dabei entstanden ungesunde Dämpfe, die so dicht waren, dass sie die Werkshalle in eine undurchsichtige Nebelkammer verwandelten. Um das zu vermeiden, wurde von den Arbeitern eine einfache Lösung angewandt, die sie von zu Hause aus kannten: Sie öffneten die Hallentore an beiden Kopfseiten des Gebäudes so weit wie möglich, sodass große Schwaden der giftigen Dämpfe per „Durchzug" nach außen – meistens in Richtung der Stadtmitte und des Kindergartens – abziehen konnten.

Die Osterfelder Kokereien stießen ungezählte Tonnen von Kohlestaub und CO-Gasen aus, ebenso die Hochöfen, die Dieselmotoren der Stromgeneratoren und, und, und…

Das Ergebnis der jahrelangen Schadstoffemissionen durch die Industrie war im gesamten Ruhrgebiet – und eben insbesondere in Oberhausen – verheerend. Über der Stadt lag eine permanente Dunstwolke, die selbst im Hochsommer kaum von den Sonnenstrahlen durchdrungen werden konnte. Noch schlimmer war es im Winter und sogenannten „Inversions-Wetterlagen", denn dann litt die Stadt unter einer Art „Dauersmog".

Die durchschnittliche Feinstaubbelastung lag in Oberhausen in den frühen 1960er Jahren im Mittel bei 500 mg pro Tag und Quadratmeter[5], das heißt, dass auf jeden Quadratmeter der Stadtfläche 0,5 g „Staub" am Tag herabfielen. Dieser „Staub" hatte nebenher einige sehr unangenehme Eigenschaften: Durch den hohen Graphitanteil z. B. der Kokereidämpfe bildete sich überall in der Stadt eine klebrige, leicht fettig wirkende schwarze Staubschicht, die sich selbst mit Wasser nur kaum entfernen ließ. Die Außenfassaden der Häuser im Stadtgebiet färbten sich allmählich schwarz ein, selbst heute, nach über 50 Jahren, kann

---

[5] s. Wilhelm Seipp: Oberhausener Heimatbuch, 1964, S. 449. Dort werden „400 mg bis 600 mg" angegeben. Ich legte den Mittelwert zugrunde. Andere Quellen geben sogar 1000 mg pro Quadratmeter und Tag an.

man dies noch an alten Gebäuden sehen. Frisch gewaschene Wäsche, die meine Mutter zum Trocknen aufgehängt hatte, wurde schnellstmöglich wieder von der Leine genommen, damit sie nicht schon wieder verschmutzte, noch bevor sie getragen wurde.

Auf den Fenstern, den Fensterbänken, auf allen Blättern der wenigen Bäume, die dieses Klima überlebten, einfach überall haftete dieser klebrige, schwarze Dreckfilm an, der auch durch häufiges Putzen (und es wurde viel geputzt!) kaum entfernt werden konnte. In den damals noch schneereichen Wintern konnten wir Kinder uns bestenfalls zwei Tage lang an der weißen Pracht erfreuen, denn spätestens bis dann hatte sich ein schwarzer Film auf die Schneefläche gelegt.

Die Essener Straße an der Grenze zwischen Osterfeld und Alt-Oberhausen führte damals mitten durch das Gelände der HOAG, der „Hüttenwerke Oberhausen" mit Hochöfen, Kühltürmen und Kokereien. Sie galt damals als die „dreckigste Straße Europas". Heute ist sie eine gute Geschäftsadresse in direkter Nähe zur Flaniermeile des großen Einkaufzentrums „Centro".

Autofahrern, die damals zum Beispiel über die Autobahn A2/A3 das Ruhrgebiet von Süden nach Norden durchquerten war angeraten, zwischen Düsseldorf und Duisburg sämtliche Fenster zu schließen und diese erst hinter Dortmund wieder zu öffnen, damit sich der Gestank der Fabrikabgase nicht im Innenraum der Kabine breit machen konnte. („Wo ist Oberhausen?" „Ganz einfach, immer der Nase nach!") Als wäre das alles nicht schlimm genug, veranstalteten die Großmächte USA und Sowjetunion in den letzten 1950er Jahren, also in den Anfangstagen des „kalten Krieges" noch eine Vielzahl von überirdischen Atomwaffentests. Es wurde nie nachgemessen, welche Mengen an radioaktiven Fallout uns aus dem russischen Testgelände in Semipalatinsk erreichten, es ist aber zu vermuten, dass diese durchaus im Bereich der Belastung nach dem GAU in Tschernobyl in der 1980er Jahren lagen. Aber das hat damals kaum jemanden interessiert, zumal die mitteleuropäischen Länder machtlos waren gegen die (Un-)taten der Großmächte.

Es wird deutlich: Die Umweltverhältnisse waren damals mehr als ungesund, besonders für uns Kinder. Sonneneinstrahlung wird z. B. benötigt, damit sich Vitamin D im Körper bilden kann und dieses ist wiederum zuständig für die Bildung eines Immunsystems und den Aufbau des Knochensystems, was gerade für Kinder in der Wachstumsphase essenziell ist.

Aus diesem Grund wurde im Kindergarten eine „Höhensonne" angeschafft. In regelmäßigen Abständen wurden wir Kinder – nur bekleidet mit einer

33

Turnhose[6] und einer abenteuerlich aussehenden Schutzbrille für die Augen – deshalb in einem speziell eingerichteten Raum mit dieser Höhensonne mit UV-Strahlen bestrahlt, um die fehlende Sonneneinstrahlung zu ersetzen. Dazu führten wir laut singend ein Ringelreihen um das mittig stehende Gerät aus, sozusagen ein Tanz ums Goldene Kalb.

Der einzige Vorteil aus meiner damaligen Sicht war, dass ich auch an Hochsommertagen, die meine Spielfreunde und ich ausschließlich draußen verbrachten, nicht mit Sonnenschutz eingecremt werden musste. Es war nahezu unmöglich, einen Sonnenbrand zu bekommen, weil die UV-Strahlung der Sonne die Dunstschicht über dem Ruhrgebiet nicht durchdringen konnte.

Irgendwie kann man sich wohl alles schönreden.

Luft und Sonne – Früher war alles besser?

500 mg oder 0,5 Gramm Feinstaub! Pro Tag und pro Quadratmeter! Manche Quellen geben sogar bis zu 1000 mg an. Vielleicht kann man sich darunter nicht wirklich etwas vorstellen. Eventuell hilft da eine

---

[6] Es gab nur einen Typ der Turnhose: kurz, blau und mit Gummizug.

kleine Beispielrechnung zur Veranschaulichung wei-
ter:

> *Oberhausen hat eine Stadtfläche von 77 Quad-*
> *ratkilometern, das entspricht 77 Millionen Quadrat-*
> *metern. Auf jeden einzelnen Quadratmeter dieser*
> *Fläche fielen pro Tag 500 Milligramm=0,5 g herab,*
> *das entspricht also 77 Mio. Quadratmeter mal 0,5 g*
> *= 37,5 Mio. Gramm oder 37500 kg oder 37,5 Tonnen.*
> *Das entspricht der Transportmenge von einem Eisen-*
> *bahnwagon oder von drei bis vier Lastkraftwagen.*
> *Wohlgemerkt: Pro Tag!*

Nehmen wir zum Vergleich die heutigen Grenz-
werte. Für Feinstaubbelastung gilt heute ein Grenz-
wert von 50 Mikrogramm (= Millionstel Gramm) pro
Kubikmeter, für einen Feinstaub-Niederschlag ist gar
kein Wert festgelegt – der sollte also Null sein. Des-
halb „hinkt" die Rechnung zugunsten der Werte der
Vergangenheit leicht, weil hier der ehemalige Nieder-
schlag mit dem heutigen Grenzwert der Luftbelastung
verglichen wird. Sei's drum: Die Vergangenheit war
im Hinblick darauf also noch schlimmer als hier dar-
gestellt.

50 Mikrogramm pro Kubikmeter – das ist ein
Zehntausendstel des damaligen Niederschlags. Wie-
der zur Veranschaulichung: Nimmt man eine relevan-
te Belastungshöhe von 10 m über der Erdoberfläche
an, so kommt man auf ein Luftvolumen von 77 Mio.
Quadratmetern mal 10 m Höhe auf 770 Mio. Kubik-

meter. Dies multipliziert mit 50 Mikrogramm pro Kubikmeter macht dementsprechend 37,5 Kg aus. Wohlgemerkt: Als Grenzwert! Diese Menge passt bequem in einen etwas größeren Reisekoffer.

Wäre es möglich, die damaligen Oberhausener Luftverhältnisse in die Gegenwart zu übertragen, würde das umgehend dazu führen, dass die Stadt komplett abgeriegelt und evakuiert würde. Ein Aufenthalt im Stadtgebiet wäre wahrscheinlich nur mit Schutzanzug und Gasmaske zulässig.

Mit ein wenig Kenntnissen in der Physik kann man grob abschätzen, in welcher Dicke sich Schicht des klebrigen Schmutzes überall festsetzte. Es waren ca. 0,15 mm im Jahr. Das klingt nach wenig, entspricht jedoch der durchschnittlichen Dicke einer heutigen Autolackierung.

Aber der industrielle „Fallout" setzte sich nicht nur auf den Flächen fest, sondern er wurde auch von den Bewohnern der Stadt eingeatmet und setzte sich dort in den Lungen fest. Deshalb waren bronchiale Erkrankungen damals an der Tagesordnung; aber leider habe ich keine Hochrechnungen gefunden, in der die Anzahl von der Luftverschmutzung geschuldeten Todesopfer hochgerechnet wird, wohl aber zeitgenössische Ergebnisse von Untersuchungen des Gesundheitsamtes (s. Kasten).

„Untersuchungen des städtischen Gesundheits-
amtes in den Jahren 1957 bis 1959 belegten Zusam-
menhänge zwischen Luftschadstoffemissionen und
dem schlechten Gesundheitszustand Oberhausener
Kinder. (...)"
Das „in Oberhausen durch die Luftverschmutzung die
Sonneneinstrahlung so weit vermindert war, dass
Säuglinge in signifikanter Zahl an Rachitis erkrank-
ten, einer Krankheit mangelnder Knochenfestigkeit,
die durch fehlendes Sonnenlicht ausgelöst wird. Auch
Veränderungen des Blutbildes (weniger rote Blutkör-
perchen) an Kindern waren „durch die starke Luft-
verunreinigung und Einschränkung des Lichteinfalls
bedingt", ebenso häufigere Erkrankungen Ober-
hausener Kinder an den Atemwegen (Bronchitis) und
den Augen (...) im Vergleich zu anderen Kindern au-
ßerhalb des Ruhrgebietes." (...) Hinzu kamen chemi-
sche Substanzen wie z. B. Chlor-, Schwefeldioxid- und
Stickstoffoxidverbindungen, die von Industrieanlagen
emittiert wurden. (...) Die Umweltbedingungen, und
zwar insbesondere die Luftverschmutzung, waren zu
dieser Zeit zumindest in weiten Teilen Oberhausens
gesundheitsgefährdend."[7]

---

[7] Zitiert nach: Magnus Dellwig, Peter Langner (Hg.): Oberhausen,
Eine Stadtgeschichte im Ruhrgebiet. Band 4, S. 348 f. Oberhausen
2014.

Letzthin sagte ein Freund zu mir „Eigentlich ist es ein Wunder, dass wir alle noch leben." Das sagt wohl alles!

Bislang habe ich mich nur auf Luft- und Umweltflächenverhältnisse beschränkt, deshalb ergänze ich diese Betrachtung noch mit einem Blick auf die Wasserflächen bzw. Flüsse.

Die beiden größeren Flüsse, die das Oberhausener Stadtgebiet direkt berühren, sind die Emscher und (ein bisschen) die Ruhr an der Grenze zur Nachbarstadt Mülheim. Der Rhein durchfließt in ca. 6 km Entfernung die Nachbarstadt Duisburg.

Die Emscher war schlicht und einfach eine stinkende, zähflüssig fließende Kloake, in der die menschlichen und die industriellen Abfälle ungefiltert in den Rhein hinein entsorgt wurden. Jegliche Berührung mit dem Wasser der Emscher hatte üble gesundheitliche Folgen. Die „Aufräumarbeiten", also die Renaturierung der Emscher, dauern bis in die heutigen Tage an, ist aber auf einem guten Weg.

Ähnlich war die Situation des „Alten Vater Rhein". Durch die zahlreichen Giftstoffe im Wasser wurde jegliches Leben im Fluss abgetötet, vom Schwimmen im Rhein wurde deshalb dringendst abgeraten (Ich glaube, es wäre aber auch niemand auf die verrückte Idee gekommen, dort ein Bad zu neh-

men). Ich kann mich an Blicke von Brücken herab auf den Rhein erinnern, bei denen ich riesige treibende Öllachen und größere Menge treibenden Mülls erkennen konnte. Es wird sogar berichtet, dass das Rheinwasser wegen des hohen Gehalts an Chemikalien dazu geeignet war, Fotopapiere zu entwickeln.

Mittlerweile ist das Rheinwasser wieder halbwegs sauber und er füllt sich allmählich wieder mit Flora und Fauna. Vom Schwimmen im Rhein wird immer noch abgeraten, nicht aber wegen der Belastung mit Giftstoffen, sondern wegen der gefährlichen Unterströmungen, die in jedem Jahr einigen Schwimmern das Leben kosten.

Immerhin hat es fast 50 Jahre konsequenter Umweltpolitik erfordert, um die gröbsten Umweltschäden im Ruhrgebiet zu reparieren, und es bleibt immer noch einiges zu tun.

Fazit aus meiner Sicht: ein weiteres, klares 10 : 0 für die heutige Zeit im Hinblick auf Luft- und Wasserqualität.

Das Leben in Haus und Nachbarschaft

Das Haus an der Stemmerstraße bot sechs Familien Platz. In der Nachbarwohnung lebte ein Ehepaar mit ihrer Tochter Ingrid; sie war acht Jahre älter als ich. Sie half meiner Mutter häufig dabei, mich „zu bespaßen", wie man heute sagt. Ingrid fuhr mich im Kinderwagen durch die Gegend, las mir Geschichten und Märchen vor und vieles mehr. Ich bin mit ihr bis heute freundschaftlich verbunden.

Im Erdgeschoss wohnten zwei Ehepaare mit kleinen Kindern, im Obergeschoss ein älteres Ehepaar sowie eine „Vertriebenenfamilie" aus Schlesien mit drei Kindern, davon zwei (ein Junge, ein Mädchen) etwa in meinem Alter, die sich in der kleinen Wohnung das kleine Kinderzimmer unter dem Dach zu dritt teilen mussten.

Nach dem Ende des II. Weltkrieges wurde nicht nur Deutschland aufgeteilt, sondern es fanden auch gravierende Grenzverschiebungen im damaligen Osten Deutschlands statt. Die Sowjetunion verschob ihre Westgrenze in das damals polnische Staatsgebiet. Im Gegenzug wurden die Westgrenzen der dadurch betroffenen Staaten (Polen, Tschechien) ebenfalls nach Westen in das Territorium des ehemaligen Deutschen Reiches verschoben. Im Rahmen dieser gravierenden

Grenzverschiebungen fanden umfassende Umsiedlungen statt: Die Bewohner der von der Sowjetunion besetzten Gebiete wurden in die neuen Westterritorien von Polen umgesiedelt; die dort ansässigen Bewohner (Schlesier, Preußen, Sudeten) wiederum mussten im Westen Deutschlands eine neue Heimat finden. Naturgemäß wurden in den Nachkriegswirren keine statistischen Daten erhoben, man schätzt aber, dass im Nachkriegsdeutschland etwa 14 Millionen Flüchtlinge bzw. Vertriebene aufgenommen werden mussten. Die ehemalige Bevölkerung der damaligen Ostgebiete besaß nichts außer dem, was sie mit den Händen tragen konnten, denn sie mussten alles, wirklich alles in ihrer alten Heimat zurücklassen. Sie sprachen einen eigentümlichen, im Ruhrgebiet nahezu unbekannten Dialekt der deutschen Sprache, zudem brachten sie ihre vornehmlich ländlichen Gebräuche und Kleidungsgewohnheiten wie das Tragen von Kopftüchern mit. Dies alles sind – wie wir es auch heutzutage erleben – die idealen „Zutaten" für eine fremdenfeindliche Stimmung in der angestammten Bevölkerung. Den allermeisten Familien gelang jedoch eine schnelle Integration und heute ist nur noch an einigen Familiennamen zu erkennen (Cibulski, Ziminski usw.), dass es sich um Personen mit Wurzeln in den ehemaligen deutschen Ostgebieten handelt.

Exkurs: Vertriebene und Flüchtlinge

Zwischen Jahren 1939 und 1957 stieg die Einwohnerzahl Oberhausens von ursprünglich gut 195.000 auf fast 251.000 Personen. Das war weniger der Geburtenzahl, sondern mehr der Ansiedlung von Flüchtlingen und Vertriebenen geschuldet. Lt. „Heimatbuch Oberhausen" waren dies ca. 50.000 Personen aus Schlesien, den Sudeten, Ost- und Westpreußen und aus Pommern und anderen Gebieten. der Themenkomplex „Vertreibung" führt selbst nach 70 Jahren zu erbitterten, häufig politisch motivierten Diskussionen. Letzthin habe ich einen Wikipedia-Artikel über einen tschechisch-deutschen Komponisten geschrieben. Er enthielt einen Satz, den ich seiner Verlags-Biographie entnommen hatte: „Nach Kriegsdienst sowjetischer Gefangenschaft und Zwangsarbeit wurde er 1946 aus seiner Heimat vertrieben." Dieser Satz wurde von einem der Moderatoren von Wikipedia geändert in: „Nach Kriegsdienst und sowjetischer Gefangenschaft kehrte er in seine Heimat nicht mehr zurück". Manchmal sagt das Nicht-Gesagte mehr aus als viele Worte!

Die Familie aus unserem Haus kam offensichtlich aus einem eher ländlichen Umfeld. Im Sommer, nach der Kohlernte, legten sie beispielsweise Sauerkraut für den Winter im Keller ein, was zu einem für uns vollkommen unbekannten Geruch im Haus führte.

Mit Stefan, dem ältesten Sohn der Familie, spielte ich häufig auf dem geräumigen Hof des Hauses und auf der benachbarten Wiese, die zu einem halb verfallenen, aber bewohnten Kotten gehörte. Im Sommer stellten unsere Mütter die eigentlich der Wäsche zugedachte Zinkwannen (Plastik gab es noch nicht so wirklich) auf den Hof und füllten sie mit Wasser, sodass wir darin plantschen konnten. Es war herrlich, wenngleich ich mich mit Stefan ab und zu auch heftig stritt, denn er war – so seine Eltern – ein „Dreibast". Heute würde man vielleicht so etwas wie ADHS diagnostizieren und entsprechende Therapien einleiten. Damals haben wir das mehr mit gegenseitigem Anschreien und in seltenen Fällen durch eine kleine Rauferei geregelt, um anschließend wieder einmütig zusammen im von unseren Vätern für uns gebauten Sandkasten zu spielen.

Ab und zu schleppte ich auch Kinder aus der weiteren Nachbarschaft an – nicht immer zur Freude meiner Eltern, die immer ein bisschen darauf achteten, dass ich keine „falschen Freundschaften" schloss.

In einigen hundert Metern Entfernung unseres Hauses stand z. B. ein längliches Gebäude, in dem – vorsichtig formuliert – eher einfache Familien untergebracht waren, also ein etwas besseres „Obdachlosenasyl" mit einem dementsprechend zweifelhaften Ruf. Ich hatte mich dort mit Horst angefreundet und brachte ihn irgendwann einmal zu Spielen mit nach Hause. Nach kurzer, kritischer Beobachtung des Jungen fragte meine Mutter „Wo kommst du her?". „Ich wohn' da in der langen Bau", antwortete Horst wahrheitsgemäß, jedoch sprachlich nicht ganz einwandfrei. Noch am selben Abend machten mir meine Eltern sehr deutlich klar, dass derlei Umgang bei uns nicht erwünscht war. Heute denke ich in diesem Zusammenhang an das schöne Lied von Franz-Josef Degenhardt, der einmal sang:

__Spiel nicht mit den Schmuddelkindern__
Sing nicht ihre Lieder
Geh doch in die Oberstadt
Mach's wie deine Brüder

Horst und ich trafen uns weiter – bei ihm zu Hause, bis der Kontakt irgendwann abriss.

Sonntags war der elterliche Sonntagsspaziergang angesagt. Nach dem Mittagessen ging es in eine der wenigen grünen Oasen in der Umgebung und mit etwas Glück gab's zur Belohnung ein Eis. Wir Kinder hatten keine Lust auf's „Bäume zählen", aber es gab keine Chance, nicht daran teilzunehmen.

Schwieriger war das Freizeitleben an Regentagen und im Winter, also immer dann, wenn Freiluftaktivitäten nicht angesagt waren und ich in der Wohnung bleiben musste.

Im Ruhrgebiet hatte man für solche „Leerlaufstunden" eine pragmatische Lösung gefunden: Man kuckte aus dem Fenster. Ja, tatsächlich, das Fensterkucken[8] war eine der beliebtesten Freizeitaktivitäten in der Vor-Fernsehen- Ära. „Wat hasse heute gemacht?" „Jau, ich war Fensterkucken.", so konnte es häufig in Gesprächen gehört werden.

Nun, ich konnte noch nicht lesen oder schreiben, Malen wurde schnell langweilig, einen Fernseher gab es bei uns noch nicht, also vertrieb auch ich mir die Langeweile mit Fensterkucken. Dazu legte ich ein dickes Kissen in das geöffnete Fenster des Kinderzimmers, stieg auf einen Stuhl und kuckte – so wie viele andere auch – mir an, was auf der Straße alles so passierte. Und da war immer etwas los!

---

[8] „Kucken" ist die norddeutsche Schreibweise. In Süddeutschland schreibt man „Gucken". Lt. Duden sind beide Schreibweisen richtig.

Interessant war es, wenn die beiden in Sichtweite liegenden Kneipen mit Bierfässern und Kühleis versorgt wurden – natürlich per Pferdegespann! Die Holzfässer wurden in den Kühlraum im Keller gerollt. Kühlanlagen waren noch nicht weit verbreitet, deshalb wurden ca. 1 m lange Stangen aus Eis gleich mitgeliefert, um das Bier auf Trinktemperatur zu bringen.

Die Ruhrgebietskneipen, die es damals in fast unüberschaubarer Anzahl gab, waren beliebter Anlaufpunkt der Männer! der Nachbarschaft, die dort nach Feierabend ihre Freizeit verbrachten. Nach 18 Uhr torkelten die Ersten ab nach Hause, meistens bis zum Stehkragen abgefüllt. Einige fuhren auch mit dem Auto weg, da es noch keine Promillegrenze für die Teilnahme am Straßenverkehr gab, war das kein Problem. Dazu später an anderer Stelle mehr.

Mit Eintritt der Dunkelheit konnte ich den Laternenanzünder bei seiner Arbeit beobachten. Das funzelige Licht der Straßenlaternen wurde damals von einer Gasflamme erzeugt, die abends angezündet und morgens wieder gelöscht werden musste. Das war der Job der Laternenmänner, die, bewaffnet mit einer langen Stange, die an einem Ende einen Haken hatte, die Lampen anzündeten, indem sie mittels des Hakens an einer Öse der Zündvorrichtung der Laterne zogen.

Richtig hell wurden diese Laternen nicht, aber das Licht reichte aus, sich in der Dunkelheit auf dem Gehweg halbwegs zurechtzufinden.

An lauen Abenden hörte man ab und zu Gesänge und Akkordeonmusik aus den nahegelegenen Gemüsegärten der Zechensiedlung. Die dort wohnenden Bergleute saßen dort nach Schichtende zusammen, tranken Bier und sangen Bergmannslieder oder Lieder aus ihrer (schlesischen) Heimat. Auf jeden Fall immer das aus dem sächsischen Erzgebirge stammende Steigerlied. Es klang sehr anheimelnd für mich und ich habe die Klänge noch heute im Ohr. Die letzte Strophe des Liedes sangen wir Kinder immer nur hinter vorgehaltener Hand und mit roten Ohren mit, denn die darin vorkommende Wörter „Arsch" und „saufen" waren mehr als anstößig und hätten für zumindest eine elterliche Ohrfeige gereicht.

Glück auf, Glück auf
Der Steiger kommt
Und er hat sein helles Licht bei der Nacht
Schon angezünd', schon angezünd'
(...)
Die Bergleut' sein
Kreuzbrave Leut'
Denn sie tragen das Leder vor dem Arsch bei der Nacht
Und saufen Schnaps und saufen Schnaps

47

In der Karnevalszeit im Jahr 1961 wurde ich durch lautes Gegröle auf der Straße unsanft aus meinen Träumen gerissen. Ich war alleine in der Wohnung, denn meine Eltern feierten zusammen mit Nachbarn in der nebenan liegenden Kneipe den rheinischen Karneval. Ich stand auf und ging zum Fenster, um zu sehen, was da draußen los war. Die feiernden Karnevalisten hatten die Kneipe verlassen, sich die Werbefahne eines Eisfabrikanten geschnappt und machten eine Polonaise über die Straße. Dabei sangen sie – alle stockbesoffen – das Horst-Wessels-Lied („Die Fahne hoch, die Reihen fest geschlossen"), das schon damals verboten war, unter Gelächter und Gejohle und schwenkten dabei die Lagnesefahne hin und her. Ich denke, diese „Anekdote" verdeutlicht die teilweise immer noch vorhandene Stimmung in der Bevölkerung der damaligen Zeit besser als viele Worte.

Im Haus gegenüber wohnte eine weitere Aussiedlerfamilie in einer Dachwohnung. Sie gehörten zu den ersten Familien an der Stemmerstraße, die sich ein Auto leisten konnten. Es war ein Gogomobil, ein Kleinstwagen, vergleichbar mit einem heutigen Smart, nur viel niedriger gebaut, dafür aber mit vier Sitzen. Interessant wurde es immer, wenn die gesamte Familie – Vater, Mutter, Sohn – sich in den Wagen zwängte. Zuerst der großgewachsene Sohn, der sich auf der Rückbank zusammenkrümmte, dann der Vater

– natürlich auf der Fahrerseite – und zuletzt die Mutter, denn dann wurde es spannend. Die Frau war stark übergewichtig, sodass die Frau kaum durch die Tür passte. Sie ließ sich nach einigem Zwängen auf den Beifahrersitz plumpsen, wobei der Miniwagen ächzend fast auf die Fahrbahn schlug. Für die Fensterkucker der Umgebung war das ein regelmäßig zelebriertes visuelles Fest, wenn der Kleinstwagen sich unter der Last tuckernd in Bewegung setzte.

Gogomobil

„Umme Ecke", im Eckhaus am unteren Ende der Stemmerstraße, wohnte das immer freundliche Ehepaar Seelmeier. Sie waren wohl die Weltmeister im Fensterkucken. Morgens, wenn ich zum Kindergarten ging, lagen sie bereits nebeneinander im Fenster – und das blieb bis zum Abend so. Dadurch kannten wirklich Jan und Mann und für ein kleines Schwätzchen war immer Zeit.

Leben in Haus und Nachbarschaft – war's früher besser?

In der Bewertung des Lebens im Haus und in der näheren Umgebung bin ich etwas zwiespältig. Fangen wir mit den Umsiedlern an: Über 14 Millionen Menschen aus teilweisem unterschiedlichem kulturellem Umfeld kamen innerhalb kurzer Zeit nach Westdeutschland, und zwar schwerpunktmäßig ins Ruhrgebiet, weil hier leichter Arbeit zu finden war als in anderen Regionen Deutschlands. Natürlich war das eine große Belastung für die Bevölkerung, die selbst noch mit den Folgen des Krieges zu kämpfen hatte. Es herrschte große Wohnungsnot und Arbeitslosigkeit, bis der „Konjunkturmotor" angesprungen war. Ich sehe es heute als große Leistung an, wie schnell die Flüchtlinge integriert worden sind, ohne großes Aufsehen davon zu machen. Es war eben so, wie es war und irgendwie musste man damit klarkommen. Es gab kein „Wir schaffen das", sondern es wurde ohne viel Aufhebens einfach geschafft. In manchen Regionen Deutschlands wird man heutzutage schon nervös oder sogar ausfällig oder im schlimmsten Fall gewalttätig, wenn nur ein paar Familien dort untergebracht werden. Gewaltsame Übergriffe auf geflüchtete Menschen sind mir aus der damaligen Zeit nicht bekannt.

Im Hinblick auf Freizeitangebote für uns „Blagen" sieht es erst einmal nach einem Punktsieg für die heutige Zeit aus. Die heutigen Angebote sind so vielfältig, dass viele Kinder und Jugendliche in einen „Freizeitstress" fallen – echte Langeweile ist eigentlich dank der vielfältigen Angebote nicht mehr möglich. Aber Langeweile beinhaltet auch, dass kreative Lösungen gesucht (und gefunden) werden, dass man sich aus seinem Umfeld herausbewegt, um Neues zu erleben oder sich mit anderen auszutauschen – kurz: Langeweile hat eine durchaus nützliche Komponente. Das „Fensterkucken" vertrieb einerseits die Langeweile, sorgte aber auch für soziale Kontakte und die Beachtung (leider manchmal auch Beobachtung) der Umgebung. Man kannte seine Nachbarn, und zwar nicht nur aus dem eigenen Haus, sondern auch die der umliegenden Häuser. Wo gibt es das noch in den heutigen Städten? Also auch hier von meiner Seite aus eine zwiespältige Bewertung.

Fazit aus meiner Sicht: ein Unentschieden (5 : 5) im Hinblick auf Leben in Haus und Nachbarschaft.

Freizeitgestaltung – Der erste Fernseher

Noch während meiner Kindergartenzeit schafften meine Eltern sich ein Fernsehgerät an: Eine Fernsehtruhe von Kuba-Imperial. Der erste Fernseher in der gesamten Nachbarschaft! Es war ein Gerät in einem Schränkchen, das etwa so groß war wie eine Waschmaschine. Wenn man die beiden Türen öffnete, konnte man die Bildröhre mit einer atemberaubenden Bildschirmdiagonale von 50 cm sehen[9].

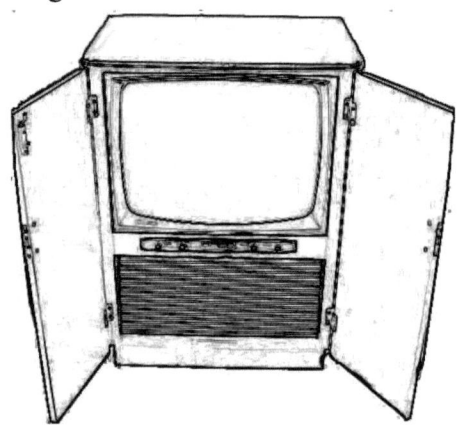

Nach dem Einschalten musste man ein- bis zwei Minuten warten, bis das Röhrengerät, begleitet vom Pfeifen des Zeilentransformators, die ersten Bilder lieferte, selbstverständlich in Schwarz-Weiß. Es gab nur einen einzigen Fernsehsender, nämlich den, den

---

[9] Heute sagt man – unter vollkommener Missachtung der gesetzlichen SI-Einheiten – 20 Zoll.

man heute als „Das Erste" bezeichnet. Das Programm selbst war äußerst überschaubar. Ab ca. 16 Uhr gab's die „Kinderstunde" mit speziellen Sendungen für Kinder und Jugendliche, danach das Vorabendprogramm mit (zumeist albernen) amerikanischen Serien und Werbung, dann bis 20 Uhr ein Programm speziell für die Zuschauer des jeweiligen Bundeslandes. Um 20 Uhr wurde dann das Flaggschiff präsentiert oder besser: zelebriert: die Tagesschau. Nach der Tagesschau wurde meistens ein Film gezeigt oder eine Unterhaltungsshow oder die Übertragung einer Theateraufführung oder eines Musicals, einer Oper usw. Danach gab es noch einmal Spätnachrichten und spätestens um 23 Uhr wurden das geneigte Publikum ins Bett geschickt.

Für mich als Kind waren in erster Linie die Nachmittagssendungen und das Vorabendprogramm angesagt. Das Angebot war überschaubar. Am Nachmittag gab es ab 17 Uhr zumeist Sendungen, die dem im Rundfunk-Staatsvertrag verankerten Bildungsauftrag des Fernsehens gerecht werden sollten.

Einige Beispiele:

Eine Turnsendung „10 Minuten mit Adalbert Dickhut", einem Olympiateilnehmer der deutschen Turnermannschaft. Er zeigte mit einigen Kindern Turnübungen, die von den fernsehenden Kindern mitgemacht werden konnten. Ich verweigerte regelmäßig die Teilnahme an diesen Übungen.

Besonders beliebt war „Sport-Spiel-Spannung", die eine bunte Mischung aus den Themenbereichen des Titels einmal im Monat darbot. Erster Moderator der Sendung für Kinder(!) und Jugendliche(!) war Heinrich Fischer, der damals schon über 60 Jahre und somit uralt war. Später übernahm Klaus Havenstein, von Haus aus ein bekannter Kabarettist, die Sendung. Ein häufiger Gast bei „Sport-Spiel-Spannung" war der unverwüstliche (er hatte mehr als 100 Knochenbrüche während seiner Berufslaufbahn) Armin Dahl, der seine waghalsigen Stunts vorführte.

Kurios war die Sendung „Luis Trenker erzählt", in der der zum Zeitpunkt der Sendungen bereits 70-jährige Bergsteiger Luis Trenker von seinen Erlebnissen in den Bergen erzählte. Dabei gestikulierte er wild mit seinen Händen und ich machte mir einen Spaß daraus, den Ton abzudrehen und ihm einfach nur zuzusehen.

Beliebt waren auch Bücherlesungen, in denen mehr oder weniger bekannte Schauspieler und Schauspielerinnen einfach nur aus Kinderbüchern vorlasen: Sie saßen an einem Tisch und lasen vor. Das war's. Trotzdem war ich gefesselt, und die Geschichte von der Kleinen Hexe (von Otfried Preussler), ihrem Raben Abraxas und der Hexe Rumpelpumpel habe ich noch heute im Gedächtnis.

Sehr beliebt waren auch amerikanische Kindersendungen wie „Fury", eine Serie über die Freundschaft zwischen einem Farmerjungen und einem Pferd (...„wie wäre es mit einem kleinen Ausritt?") oder „Lassie", die Geschichten von dem Jungen Jeff und Lassie, einer Colliehündin, erzählte.

Gut im Gedächtnis habe ich auch noch *„Bitte, in 10 Minuten zu Tisch"*, eine Sendung mit dem Schauspieler Clemens Wilmenrod und dem Schnellbräter „Heinzelkoch". Wilmenrod stellte als „erster Fernsehkoch der Nation" einfach zu bereitende Gerichte vor; er gilt als Erfinder des „Toast Hawaii", der in den frühen 1960er Jahren Furore auf deutschen Tischen machte. Er war der Vorläufer der bis heute auf allen Fernsehkanälen erfolg- und ertragreich agierenden Fernsehköche.

Clemens Wilmenrod

55

Toast Hawaii

Zuerst wird auf eine Scheibe Toastbrot die Margarine gleichmäßig verteilt. Nun kommt eine halbe Scheibe Kochschinken rauf, dann die Ananasscheibe und zuletzt der Käse. Das Ganze wird in einem auf 180° vorgeheizten Backofen auf das Gitter (mit Backpapier) gelegt. Sobald der Käse über der Ananas zerlaufen ist, beginnt die Bräunung. Jetzt, wo sich über dem Loch der Ananasscheibe eine braune Stelle bildet, sollte der Hawaiitoast herausgenommen und nach 1 min Abkühlung gegessen werden. Dies Backzeit beträgt erfahrungsgemäß ca. 6min. (Quelle: www. chefkoch.de)

Das Vorabendprogramm vor der Tagesschau wurde von amerikanischen Serien dominiert, unterbrochen von nach heutigen Maßstäben ewig langen und betulichen Werbeclips. Meine Favoriten waren:

„Yancee Deringer" – eine Serie, in der ein Gentleman im 19. Jahrhundert zusammen mit einem stummen Indianer Kriminalfälle löste. Die beiden kommunizierten miteinander über eine Gestensprache, die mich sehr faszinierte.

„Immer, wenn er Pillen nahm", die Geschichten um den intellektuell einfach gestrickten Tankwart Stanley Beamish, der nach der Einnahme einer Pille Superkräfte bekam (einschließlich flügelschlagender Flugfähigkeit) und böse Schurken zu Fall brachte.

„Hiram Holliday", ein mit einem Stockschirm bewaffneter, eher unauffälliger (aber heimlich zu einem Spitzenathleten trainierter) Lektor einer Zeitung erlebte auf einer Weltreise Abenteuer und löste Kriminalfälle. Seinen Regenschirm benutzte er gekonnt als Fechtwaffe.

Eine Serie ging mir besonders unter die Haut: „Belphegor", eine französische Produktion über eine geheimnisvolle Figur, die im Pariser Louvre ihr Unwesen trieb. Belphegor habe ich meine ersten schlaflosen Nächte zu verdanken, so sehr hat mich das damals gepackt.

Belphegor

Teilweise kann man sich einige Folgen dieser Fernsehsendungen heute bei YouTube ansehen und sich dabei feststellen, dass die inhaltlichen Qualitäten – naja – zumindest diskutabel waren. Aber mir war das damals vollkommen egal.

Ein Straßenfeger im Abendprogramm war die Krimiserie „*Stahlnetz*", die ich natürlich nicht sehen durfte. Die einprägsame Titelmelodie schallte jedoch vom Wohnzimmer aus bis zu meinem Kinderbett im Zimmer nebenan hinüber, und jedes Mal bekam ich eine Gänsehaut – allein schon davon. Ab und zu schlich ich mich zur geschlossenen Wohnzimmertür und versuchte, durch das Schlüsselloch etwas von der Sendung zu sehen. Meistens vergebens! Vor einigen Jahren habe ich mir einige Folgen davon im Internet angesehen – eine davon spielte sogar in Oberhausen. Ich war sehr verwundert, dass der Kameramann damals überhaupt halbwegs brauchbare Bilder der Schauspieler einfangen konnte, denn durchweg alle waren von einer dichten Zigarettenqualmwolke umgeben. Das Büro des Kommissars glich eher einer Nebelkammer. Und immer wieder wurde Cognac gekippt. Noch `ne Leiche? Na denn: Prost!

Vollkommen vom Hocker gehauen hat mich in den mittleren 1960ern (ja, da durfte ich schon das Abendprogramm schauen) jedoch die siebenteilige Serie „*Raumpatrouille*" mit Dietmar Schönherr und Eva Pflug in den Hauptrollen und dem unvergleichlichen Wolfgang Völz in einer tragenden Nebenrolle. Ich habe mir einige Folgen vor Kurzem noch einmal angesehen: Die Serie ist tatsächlich spannend gemacht, aber aus heutiger Sicht trug sie tatsächlich leicht faschistoide Züge. Manche Szenen sind aus heutiger Sicht etwas befremdlich, in manchen Szenen fühlt man sich sprachlich und akustisch tatsächlich ins Führerhauptquartier der Nazis versetzt.

Eher amüsant ist dagegen die „Ausstattung" des Raumschiffs „Orion", mit dem die Protagonisten durchs Weltall eilten, um die Welt zu retten. So dienten alte Bügeleisen, Joghurttöpfe, Wasserkräne, Kurbelanspitzer und andere Haushaltsgegenstände als Bedienelemente auf der Kommandobrücke und der Unterwasserstart des Raumschiffs wurde mithilfe eines kleinen Modells und einer Tablette „Alka-Selzer" zur Erzeugung der Luftblasen dargestellt.

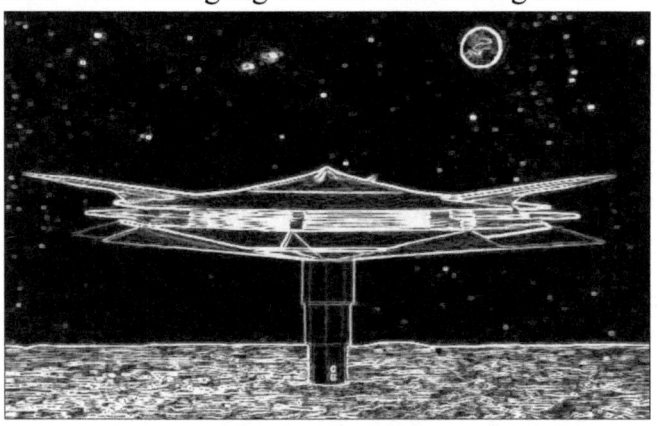

Raumschiff „Orion"

Eher behäbig kam dagegen Heinz Maegerlein mit seinem Quiz *„Hätten Sie's gewusst"* daher, in dem die Kandidatinnen und Kandidaten Fragen aus verschiedenen Wissensgebieten beantworten mussten. Der Moderator Maegerlein (der als Sportreporter mit dem Spruch „Die Zuschauer standen an den Hängen und Pisten" unsterblich geworden ist, weil man bei Sprechtexten nicht zwischen Groß- und Kleinschreibung unterscheiden kann) vollzog die Sendung so streng und unterhaltsam wie eine Gerichtsverhandlung, trotzdem erfreute sie sich großer Beliebtheit.

Ikonisch war auch Werner Höfers sonntäglicher „Frühschoppen", in dem Journalisten heftig rauchend und weintrinkend die politischen Ereignisse der vergangenen Woche diskutierten. Nochmals: Na, zum Wohl, meine Herren!

Es wäre müßig, jetzt noch über weitere Fernsehsendungen zu schreiben, denn trotz der damals sehr begrenzten Sendezeiten kam im Lauf der Jahre einiges an Sendungen zusammen. Wie bereits erwähnt: Wir waren die ersten Besitzer eines Fernsehgerätes im Umkreis. Das führte dazu, dass Nachbarn und Freunde ganz gerne zu uns kamen, um bei uns im Wohnzimmer besondere Ereignisse am Bildschirm zu verfolgen. Das blieb aber nicht lange so, denn bereits in der Mitte der 1960er Jahre verfügten die meisten Haushalte über ein Pantoffelkino. In diese Zeit fällt die Geburt der sogenannten „Straßenfeger", also Sendungen, die von fast allen Fernsehbesitzern zu Hause gesehen wurden, sodass die Straßen leergefegt waren. In diesem Zusammenhang ist der Name Francis Durbridge zu nennen, der mit einigen mehrteiligen Krimis (Tim Frazer, Das Halstuch, Melissa ...) für Sehbeteiligungen von über 90 Prozent sorgte.

Exkurs: 1960 – ein normaler Fernsehtag
1960 gab es in Westdeutschland einen Fernsehsender: die ARD. Ein typischer Sendetag begann damals um 17 Uhr mit dem Jugendprogramm und endete spätestens um 23 Uhr, zumeist früher. Hier das Programm vom 19.07.1960:

17.00   Im Land der Bären. Ein Pionier siedelt in Alaska
17.20   Ein Blick an den Himmel mit Dr. Rudolf Kühn
17.45   Union Pacific-Abenteuer beim Bau der berühmten Eisenbahnlinie
18.45   Regionalprogramm NRW: Hier und Heute
19.25   Werbefernsehen, Musikalische Untermalung
20.00   Nachrichten und Tagesschau
20.20   Ein Katzenballet: „Le Demoiselles de la Nuit" (Aufführung eines Tanzmärchens nach einer Idee von Jean Anouilh
20.55   Das Attentat. Eine Dokumentation zum 20. Juli 1944
        Programmende

Deutlich zu erkennen ist das Bemühen um Bildung und Kultur. Häufig wurden auch Sport- und Unterhaltungssendungen ausgestrahlt, die große Teile der (fensehbesitzenden) Bevölkerung vor die Mattscheibe lockte. Nach heutigen Maßstäben würde wahrscheinlich keine dieser Sendungen (außer der Tagesschau) die Chance einer Ausstrahlung haben.

Freizeitgestaltung – Der erste Fernseher – Fazit

Der Fernseher war sicher eine große Errungenschaft zur Vertreibung der Langeweile, aber auch ein Meilenstein auf dem Weg zur Vereinzelung der Menschen in der Solidargemeinschaft, die heute mit Computern und Smartphones fortgesetzt wird.

Gemäß Rundfunk-Staatsvertrag (Fassung 1991) haben Angebote der öffentlich-rechtlichen Medien „der Bildung, Information, Beratung und Unterhaltung zu dienen. Sie haben Beiträge insbesondere zur Kultur anzubieten. Auch Unterhaltung soll einem öffentlich-rechtlichen Angebotsprofil entsprechen."

Mit Blick auf die damalige Programmgestaltung wurde dieser Auftrag ganz gut erfüllt, denn das Fernsehprogramm bestand aus einem ausgewogenen Mix aller Bereiche. Im Grunde ist es so bis heute geblieben, jedoch haben sich die Schwerpunkte verschoben. Halbwegs anspruchsvolle Sendungen werden immer noch produziert und gesendet, jedoch häufig in den

späten Abendstunden oder gar nachts. Oder sie wer-
den von den ebenfalls öffentlich-rechtlichen Landes-
rundfunkanstalten der 3. Programme ausgestrahlt,
deren Zuschauerreichweite allerdings gering ist. Lei-
der ist das System „Das Angebot wird bestimmt durch
Nachfrage" auch bei den öffentlich-rechtlichen Sen-
deanstalten angekommen. Bei den Privatsendern sieht
es vollkommen anders aus: Der Löwenanteil der Sen-
dezeiten wird für Unterhaltung verwendet, unterbro-
chen von Werbepausen. Innerhalb dieser Unterhal-
tungssendungen tobt seit Jahren ein Wettbewerb der
gegenseitigen Niveauunterbietung und man höre und
staune – es geht immer noch ein bisschen mehr ni-
veaulos. Ich wundere mich immer wieder über die
(künstliche) Empörung gerade aus solchen Sendean-
stalten über beispielsweise sprachliche Entgleisungen
sogenannter Promis, denn diese sind genau das Pro-
dukt, das von solcher „Programmphilosophie" er-
zeugt wird. Es gibt mittlerweile eine Unzahl von Sen-
deformaten, in denen die Respekt- und Würdelosigkeit
gegenüber den Teilnehmern in brutaler, menschen-
verachtender Weise genutzt wird, um Quote und somit
Kohle zu machen. Man darf sich nicht wundern, wenn
das ein Echo in der Gesellschaft, besonders bei Kin-
dern und Jugendlichen findet, denn sie machen nicht,
was wir sagen, sondern das, was wir ihnen vorleben.

Das damals frühe Programmende hatte immerhin einen Vorteil: Entweder man ging zu Bett, las ein Buch oder redete miteinander. Zudem konnte man nach dem Anschauen des Abendprogramms sicher sein, nicht von einer Ganzkörpertätowieren, spärlich bekleideten Dame zu einem dringenden Telefonat eingeladen zu werden.

Zum Fazit: In den 1960er Jahren gab es eine Fernsehanstalt mit einem zeitlich begrenzten Sende- und Programmangebot. Später kamen das Zweite Deutsche Fernsehen und die Regionalprogramme hinzu. Es blieb bis in die 1990er Jahre hinein ein überschaubares Angebot. Mittlerweile habe ich auf meinem Satellitenempfänger mehrere 100 Fernsehstationen programmiert, hinzu kommen ungezählte Angebote im Internet. Obwohl die schiere Menge nicht die Qualität macht und manchmal auch zur „Qual der Wahl" führt, ist das Angebot heute schlichtweg besser und vielfältiger. Mit Hilfe von Beamer und Leinwand ist das „Rudelgucken" auch wieder einfacher geworden, sodass (sportliche) Großereignisse auch wieder geeignet sind, sich in der Gemeinschaft zu vergnügen.

Fazit aus meiner Sicht: leichter Vorteil (6 : 4) für die Gegenwart im Hinblick auf Freizeitgestaltung mit dem Fernseher.

Innere und äußere Sicherheit

In meinem Geburtsjahr 1955 war der II. Weltkrieg seit 10 Jahren beendet. Von daher war ich ein Glückskind, denn nicht nur die Kriegsjahre, sondern auch die Dekade nach dem Krieg war für die „normale" Bevölkerung wahrlich nicht vergnügungssteuerpflichtig. Die ersten Jahre waren geprägt von Hunger, Wohnungsnot, Geldmangel und Arbeitslosigkeit – es ging für die meisten Menschen in Deutschland ums nackte Überleben. Zudem lag die Gefahr des Wiederaufflammens des Krieges permanent in der Luft, denn der „kalte Krieg" war ausgebrochen und erreichte immer wieder neue „Höhepunkte" (oder besser: Tiefpunkte!). Mein acht Jahre älterer Bruder hat diese Zeiten noch mehr oder weniger voll mitbekommen, für mich Glückskind stellte sich die Welt in meinen ersten Lebensjahren schon ungleich rosiger dar: Wir hatten ein Dach über dem Kopf, eine für damalige Verhältnisse geräumige Wohnung, mein Vater hatte Arbeit und brachte das Geld nach Hause, alles gut. Ein erster Schatten fiel im Herbst 1962 auf dieses sorgenlose Leben; ich kann mich noch sehr gut daran erinnern.

Damals stand unser altes Röhrenradio von „Loewe-Opta" – ein Empfänger im Bierkastenformat mit einem für mich damals äußerst geheimnisvollen „Magischen Auge" (eine Elektronenröhre, die in grüner Farbe die Empfangsqualität der Sender anzeigte) – in unserer Küche, da das Wohnzimmer mit dem Fernsehschrank schon gut genug bestückt war. Meine Mutter bügelte auf dem Küchentisch die frisch gewaschene Wäsche und ich saß vor dem Küchenschrank. Ich hatte wie häufig zuvor ein Gummiband über zwei Türgriffe des Schranks gestülpt und spielte auf den gespannten „Saiten" Gitarre mit zwei verschiedenen Tönen. Der Klang von schwingenden Saiten hat mich schon damals fasziniert, und das ist bis heute so geblieben.

Im Radio liefen die Nachrichten. Meine Mutter rief meinen Vater herbei und fing an zu weinen. Die Kuba-Krise war ausgebrochen und die Welt stand scheinbar an der Schwelle des 3. Weltkrieges. Ich versuchte, meine Mutter zu trösten, aber ich verstand gar nicht, warum sie überhaupt weinte. Erst viele Jahre später wurde mir klar, dass sie als geborene Berlinerin die schlimmsten Erinnerungen an die letzten Kriegsjahre hatte. Allein die Gefahr, dass solche Zeiten wiederkehren würden, versetzte sie in Angst und Schrecken.

Meine Eltern taten in den Folgetagen das, was alle damals und heute in Krisensituationen machen: Sie kauften Vorräte ein und füllten den Keller mit Lebensmitteln für den Notfall. Für mich war das Thema schnell wieder „durch", ich vergaß die Gefahren und lebte freudig weiter. Kinder verfügen in solchen Fällen über eine erstaunliche Resilienz.

Dem Himmel sei Dank – die Krise ging glimpflich zu Ende und alle gingen zur Tagesordnung über.

Die weiteren Jahre waren geprägt von (Fernseh-) bildern des Koreakriegs, des Vietnamkrieges, der Kriege im Nahen Osten und, und, und. Die Welt war (und ist) beileibe kein sicherer Ort, und wir alle können froh und dankbar sein, dass wir all diese Krisen lebend überstanden haben.

In den späten 1950er Jahren bis zum Jahr 1962 überboten sich die beiden Großmächte USA und Sowjetunion gegenseitig mit Kernwaffentests, alle natürlich überirdisch und mit großem TamTam der Weltöffentlichkeit dargestellt. Sie verhielten sich wie ausgewachsene Silberrücken, die durch lautes Schreien und sich-auf-die-Brust-schlagen ihre Kontrahenten einschüchtern wollen. Die damaligen Testgelände in Nevada bzw. in Semipalatinsk sind bis heute nicht zugänglich, weil sie toxisch verstrahlt sind. Ein falscher Druck auf den „roten Knopf" und die Welt hätte sich in ein Inferno verwandelt. Atomwissenschaftler hatten die „Weltuntergangsuhr" damals auf zwei Minuten vor zwölf eingestellt, d.h. die Gefahr der Auslöschung der Menschheit war sehr, sehr groß – wir alle wissen, was „5 vor 12" bedeutet, und damals war es „2 Min. vor 12" (siehe Kasten). Leider ist diese Gefahr bis heute nicht gebannt, ja, vielleicht aktueller denn je.

Exkurs: Die Weltuntergangsuhr (Atomkriegsuhr)

„Die Atomkriegsuhr wurde 1947 eingeführt und damals auf sieben Minuten vor 12 gestellt. Sie soll zum Ausdruck bringen, wie knapp die Menschheit vor der Vernichtung durch Atomwaffen oder Umweltgefahren und Klimakatastrophen steht. Seit 1974 gab es entsprechend der sich ändernden Weltlage, z.B. aufgrund der Auseinandersetzungen im Kalten Krieg, 24 Anpassungen der Weltuntergangsuhr. Zwischen 1953 und 1960 stand die Welt so knapp wie nie zuvor vor einem Atomkrieg. Die Uhr zeigte zwei Minuten vor 12. Grund dafür war die sich beschleunigende weltweite Aufrüstung von Kernwaffen und das Streben nach der Wasserstoffbombe sowie deren erste Tests. 60 Jahre später sieht das Bulletin die Welt noch näher am Abgrund als während des Kalten Krieges. So kritisch haben die Wissenschaftler die Lage noch nie zuvor eingeschätzt: Die Auslöschung der

---

Menschheit steht seit Anfang 2020 auf nur noch 100 Sekunden vor 12."

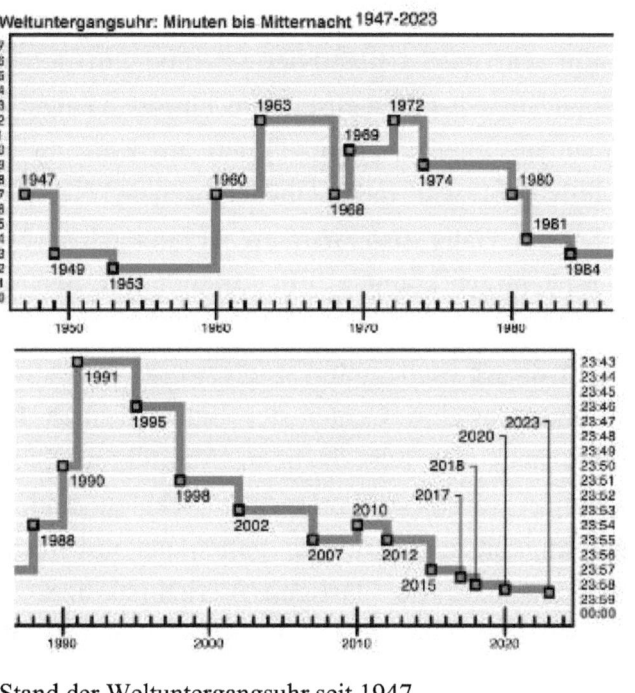

Stand der Weltuntergangsuhr seit 1947
(Zitiert nach: www. weltuntergangsuhr.com)

Im Land, oder besser in Oberhausen, fühlte ich mich eigentlich immer sicher. Natürlich gab es Gruppen mit „Halbstarken", die sich testoterontrunken und somit altersgerecht aufplusterten, aber damit hatte ich als Kind, aber auch in späteren Jahren, recht wenig zu tun.

Allerdings gab es auch schon damals Gegenden in Oberhausen, in die man sich besser nicht wagte, heute neudeutsch „No-Go-Area" genannt. Besonders berüchtigt war das „Uhlandviertel" rund um den Uhlandplatz in Alt-Oberhausen, wo einige „Gangs" die Gegend unsicher machten. Direkt am Eingang zum Uhlandviertel war das „Obdachlosenasyl" untergebracht, ein Haus also, in dem wohnungslose Menschen nächtigen konnten. Ein Aufenthalt in der Nähe des Gebäudes war eher nicht angesagt. Heute befindet sich an dieser Stelle interessanterweise das Arbeitsamt bzw. das Job Center der Stadt. Keinen Kopf machte man sich damals beim Autofahren. Sicherheitsgurte waren vollkommen unbekannt und Geschwindigkeitsbegrenzungen galten als unverbindlicher Vorschlag der lästigen Verkehrspolizei. Geschwindigkeitskontrollen wie heute waren noch nahezu unbekannt, da die Radartechnik noch in den Kinderschuhen steckte. Laser gab es noch gar nicht. Für eine gerichtsfeste Messung der Geschwindigkeit eines Autos musste entweder ein Polizeiauto mit einem geeichten Tacho folgen oder es wurden aufwändige Lichtschranken aufgebaut, die aber jeder, der nicht halb blind war, schon aus großer Entfernung erkennen konnte. Allerdings konnten die damaligen Autos auch nicht sonderlich schnell fahren, selbst ein Porsche 911 kam noch mit mickrigen 90 PS aus – das steckt heute bei einem Kleinstwagen unter der Haube. Trotzdem gab es prozentual sehr viel mehr Tote im Straßenverkehr als heute, unter Berücksichtigung der damals wesentlich geringeren Anzahl an Kraftfahrzeugen fast hundert Mal so hoch gegenüber heute. Einer der Gründe dafür war, dass es zwar seit 1953 eine Grenze für den Blutalkoholgehalt (1,5 Promille) gab, die aber als Ordnungswidrigkeit behandelt und deshalb wenig beachtet wurde. Wie oft habe ich beim „Fensterkucken" Männer! ihr Auto besteigen sehen, die sichtbare Schwierigkeiten damit hatten, den kurzen Weg von der Kneipentür bis hin zu ihrem Wagen auf zwei Beinen und in gerader Bahn zurückzulegen, geschweige denn vom Öffnen der Fahrertür per Autoschlüssel. Mein einprägsamstes Erlebnis in dieser Hinsicht war, dass ein Nachbar mit seinem Wagen „angeschossen" kam, irgendwie parkte, die Tür öffnete und buchstäblich aus dem Wagen herausfiel. Da er zu normaler Bewegung offensichtlich nicht mehr in der Lage war, kroch er auf allen Vieren zur Haustür, wo er von seiner Ehefrau unter Schimpfen aufgelesen wurde.

In der Nähe unserer Wohnung wohnten zwei Originale, die ich noch in lebhafter Erinnerung behalten habe: Hennes und Pidder. Hennes war etwa um die 60 Jahre alt und etwas merkwürdig.

Er stellte sich immer mitten auf die Straße und beschimpfte lautstark jeden, der an ihm vorbeikam. Autos wurden angehalten und deren Fahren unter lautem Geschrei mit dem Krückstock, den er immer bei sich trug, bedroht. Manchmal schlug er auch mit dem Stock auf die Kühlerhauben ein und selbst vor Verkehrsomnibussen und Straßenbahnen machte er nicht Halt. Irgendwann war Hennes verschwunden, ich nehme an, dass er entweder eines natürlichen Todes starb oder von einem der betrunkenen Autofahrer erschlagen wurde.

So war es Pidder ergangen. Pidder war um die 70 Jahre alt, ich kannte ihn nur total betrunken oder – wie man sagt – hicke-hacke-voll. Immer. Er konnte kaum noch sprechen, es war mehr ein permanentes, nicht verständliches, zahnloses Lallen, das er von sich gab.

In der Zechensiedlung der Nachbarstraße wohnte eine Familie Powallecki, deren beiden „halbstarken" Söhne bereits eine steile kriminelle Karriere hinter sich hatten. Selbst als kleines Kind wechselte ich die Straßenseite, wenn mir einer von den beiden entgegenkam, zu groß war meine Angst, mir Prügel von denen einzufangen.

Eines Tages konnte ich beim Fensterkucken sehen, dass draußen vor der benachbarten Kneipe ein großes Polizeiaufgebot anfuhr. Sie hatten einen der jungen Powalleckis in Handschellen mit dabei und offensichtlich fand eine Ortsbegehung statt. Der Junge hatte den Abend zuvor mit Pidder in der Kneipe verbracht und offensichtlich war wie immer viel Alkohol geflossen. Auf dem Weg nach Hause waren die beiden wohl in Streit geraten, der in einer Prügelei und für Pidder tödlich endete. Dem Vernehmen nach war die Prügelei so heftig, dass das Gesicht von ihm nicht mehr erkennbar war und Teile seines Gehirns aus der Dachrinne eines Hauses gefischt werden mussten. Noch Jahre später mied ich den Weg durch die Siedlung und machte lieber einen großen Umweg, als diesen Ort grausamen Geschehens zu durchqueren.

Innere und äußere Sicherheit – Fazit

Die Welt war und ist ein gefährlicher Ort. Global flammen immer wieder Kriege auf, manchmal hat man den Eindruck, dass, wenn ein Konflikt halbwegs befriedet ist, an anderer Stelle zwei erneut ausbrechen. Nach Beendigung des „Kalten Krieges" um 1990 herum gab es zumindest zwischen den Großmächten eine kurze Atempause mit Abrüstungsabkommen und gemeinsamen Projekten in Wissenschaft und Forschung, aber diese Zeiten sind nun schon wieder Geschichte.

Als Kind nimmt man diese internationalen Bedrohungen noch nicht so sehr wahr, in dieser Hinsicht ist das Leben sonnig und sorglos. Was interessiert einen sechsjährigen Jungen daran, was ein paar Schiffe im Atlantik vor der kubanischen Küste treiben? Nichts!

Die Weltuntergangsuhr wurde in jüngster Vergangenheit nach vielen Jahren des Zurückstellens (s. Grafik) wieder vorgestellt, sogar auf einen etwas kürzeren Wert, als es um 1960 der Fall war. Allerdings auf einer wesentlich breiteren Grundlage als damals. Als die Uhr „erfunden" wurde, ging es allein um die Gefahr einer nuklearen Auseinandersetzung, erst später wurden Aspekte wie Klimaveränderung, Umweltkatastrophen usw. mit einbezogen. Von daher ist ein direkter Vergleich mit den damaligen Werten nicht einfach, zumal die „moderne" Kriegsführung nicht mehr nur auf Explosionswaffen bezogen ist, sondern auch auf Angriffe auf die Infrastruktur eines Landes (sogen. Cyberkrieg), auf Dauer wird der ungehemmte Einsatz sogenannter künstlicher Intelligenz eine massive Bedrohung des Friedens darstellen.

Im Hinblick auf die äußeren Bedrohungen durch Angriffe oder Kriege sehe ich persönlich die heutige Lage nicht als besser, aber auch nicht als bedrohlicher an als zu damaligen Zeiten.

Mit einem Blick auf die Langzeit-Kriminalitätsstatistik[10] sieht die Lage leider eher ernüchternd aus, obwohl es auch hier sehr schwierig ist, einen halbwegs brauchbaren Vergleich anzustellen, weil es in Deutschland seit 1960 kräftige demographische Veränderungen gab.

So kamen im Jahr 1990 über 17 Millionen Bürger der ehemaligen DDR mit dazu, zudem seit den 1970er Jahren viele Menschen mit Migrationshintergrund usw. Zudem beruhen die meisten unterschiedlichen Zahlenwerte auf unterschiedlichen Untersuchungsansätzen; so ist es schwierig, Werte aus einer Angabe „Morde" mit einer Tabelle zu vergleichen, in der

---

[10] *https://www.kriminalpolizei.de/ausgaben/2017/maerz/detailansicht-maerz/artikel/morde-1950-bis-2015.html*

„Mord und Totschlag" zusammengefasst werden. Deshalb ist ein Vergleich der absoluten, aber auch der relativen Zahlen mit einer gewissen Vorsicht zu genießen.

Werfen wir einen ersten Blick auf die sogenannte Mordrate, d. h. die Anzahl von Morden, die pro Jahr und pro 100000 Einwohner vollendet werden. Laut Polizeistatistik gab es um 1960 herum 350 Morde pro Jahr mit anschließend steigender Tendenz, die in der ersten Hälfte der 1990er Jahre ihren Kulminationspunkt mit 1500 Morden erreichte. In den Folgejahren sank sie wieder auf einen Wert um die 450 Opfer[11]. Unter Berücksichtigung der Bevölkerungszahl ergeben sich folgende Werte (pro 100000 Einwohner):

1960: 350 Morde/75 Mio. Einw.= 0,47 Morde

2023:450 Morde/84 Mio. Einw. =0,53 Morde

Mit einer Mordrate um 0,5 bis 0,6 herum (manche Quellen reichen bis hin zu einem Wert von 0,9, aber trotzdem:) befinden wir uns im internationalen Vergleich innerhalb der Spitzengruppe der „Top-20".

Mit einem Blick auf die Kriminalstatistik allgemein (Verurteilte, Werte pro 100000 Einwohner)[12]

---

[11] Die Zahlen schwanken stark – je nach Quelle. Ich habe hier einen Mittelwert zugrunde gelegt.
[12] http://www.deutschland-in-daten.de/

Jahr	Delikte ohne Straßenverkehr	nur Straßenverk.	Diebstahl Unterschlagung	Betrug
1960	1311	539	209	109
1970	1346	645	290	66
1980	1433	644	318	77
1990	1286	481	294	132
2000	1260	361	258	178
2010	1137	244	202	247
2018	984	225	160	193

oder auf polizeilich registrierte Delikte:

Jahr	Insgesamt	Diebstahl Unterschlagung	Betrug	Einbruch
1960	3660	1637	370	41
1970	3924	2578	278	91
1980	6198	4018	401	161
1990	7108	4377	581	243
2000	7625	3736	939	170
2010	7253	2938	1184	148
2018	6710	2471	1016	118

ist eindeutig zu sehen:

a) Die Anzahl der Verurteilten (Delikte ohne Straßenverkehr) war 1960 deutlich höher als heute, dagegen:

b) liegt die Anzahl polizeilich registrierter Delikte heute um 45 Prozent höher als 1960.

c) Delikte im Straßenverkehr haben deutlich abgenommen (s. auch Kasten Exkurs).

d) Die Anzahl der Verurteilten wegen Diebstahl und Unterschlagung nahm ab, dagegen stieg die Zahl der polizeilich gemeldeten Fälle deutlich an.

e) *Die Anzahl der polizeilich gemeldeten Einbrüche hat sich heute gegenüber 1960 nahezu verdreifacht. Ähnliches gilt für die Betrugsfälle.*

Die weitere Interpretation der hier nur ansatzweise wiedergegebenen Daten überlasse ich den Leserinnen und Lesern.

Insgesamt lässt sich jedoch leider feststellen:

Die Kriminalität in Deutschland ist gegenüber 1960 gestiegen und die Zahl der tatsächlich verurteilten Straftäter hat abgenommen. Tröstlich ist, dass der Trend insgesamt seit Mitte der 1990er Jahre rückläufig ist und dass wir in Deutschland, einerlei, welche Zahlen zugrunde gelegt werden, im weltweiten Vergleich immer noch in einem sehr, sehr sicheren Land leben.

*Wesentlich anders sieht es aus mit dem Sicherheits**gefühl**. Überall spürt man heute ein Unwohlsein im Land, gepaart mit Ausländerfeindlichkeit (Xenophobie) und Zukunftsängsten. Das mag teilweise an dem manchmal ungewohnten Aussehen der Migranten liegen, sicher aber auch durch die aufgeregten, ja teilweise hysterischen Berichterstattungen und Skandalisierungen der Medien und insbesondere der „so-*

zialen" Medien. „Only bad news are good news", so wusste es schon König James der I von England im Jahr 1616.

Verstärkt wird das Unsicherheitsgefühl durch neue Formen der Kriminalität (Stichwort: Cyberkriminalität), die es vor 30 Jahren noch gar nicht gab. Gefühlsmäßig ist diese Form der Kriminalität mit einem Einbruch (in die Privatsphäre) zu vergleichen, von der jeder von uns 24/7 bedroht wird.

Besorgniserregend ist zudem der deutliche Anstieg von Jugendkriminalität, vornehmlich der Gewaltdelikte.

Fazit: Ja, die innere Sicherheit hat aus meiner Sicht (und nach Analyse der Daten) tatsächlich abgenommen, aber nicht so dramatisch, wie es immer suggeriert wird. Zudem befinden wir uns seit Jahren auf einem guten Weg. Im Bereich Straßenverkehrssicherheit hat sich dagegen sehr vieles zum positiven hin entwickelt.

Die Bedrohungen aus dem internationalen Bereich würde ich – in Anlehnung an die „Weltuntergangsuhr" – als ähnlich wie 1960 einschätzen.

Fazit aus meiner Sicht: ein Vorteil (3 : 7) im Hinblick auf innere und äußere Sicherheit für die 1960er Jahre.

Der Schule erster Teil – Grundschule

Im Jahr 1962 war die insgesamt sehr schöne Kindergartenzeit für mich vorüber: Am 1. April, nach den Osterferien, wurde ich eingeschult, denn damals begann das Schuljahr zu diesem Datum. Die meisten Schulen waren noch konfessionsgebunden, für mich kam also nur die evangelische Pestalozzischule am Fuß des Tackenbergs in ca. 1,5 km Entfernung infrage. Das hatte zur Folge, dass ich auf den täglichen Kontakt mit meinen katholischen Kindergarten- und Nachbarfreunden verzichten musste – die wurden an der katholischen Bronkhorstschule eingeschult.

Die Pestalozzischule war eine der damals üblichen Volksschulen mit den Klassen von 1 bis 8. Das Gebäude stammte aus der Zeit um die Jahrhundertwende, war aber um einen neueren Anbau erweitert. Mein älterer Bruder besuchte zu dieser Zeit die achte (Abschluss-) klasse.

Die Einschulung verlief nicht wesentlich anders als eine Einschulung in heutigen Tagen: Unsere Mütter brachten uns zur Schule, und wie die i-Dötzchen heute auch, waren wir bestens ausgestattet mit einer gut gefüllten Schultüte. Dort gaben sie uns am Schultor ab und die Lehrerin – in meinem Fall „Frollein" Kleineberg – übernahm uns. Als Schultasche hatte ich einen Tornister aus braunem Leder, den mein Bruder abgelegt hatte. In der heutigen Zeit geben Eltern für eine bunte, stylische Schultasche schon einmal gerne an die 300 Euro aus.

Fig. 1. Rettig-Bank (P. Joh. Müller & Co., Berlin).

Wir waren ca. 40 Kinder, Jungen und Mädchen, in der Klasse. Unser erster Klassenraum verfügte über eine Einrichtung aus der Vorkriegszeit: Hölzerne Bänke mit fest verbundenen Schreibflächen, in die wir uns jeweils zu zweit zwängten. In die Schreibfläche waren Tintengefäße mit einem Blechdeckel eingelassen, den wir immer gerne nach unten knallen ließen. Ich habe das Geräusch noch heute im Ohr. Normale Schultage begannen mit einem Gebet und dem Singen eines Liedes. Das Lied selbst durften sich immer die „Geburtstagskinder" aussuchen. Im ersten

Jahr benutzten wir kleine Schiefertafeln und Kreidestifte für die ersten Schreib- und Rechenübungen.

Direkt am ersten Tag fingen wir mit den Übungen an und malten Unmengen von kleinen „i"s auf unsere Tafeln, an mehr kann ich mich nicht erinnern.

Irgendwann war mein erster Schultag zu Ende und meine Mutter holte mich vom Schultor ab. Sie hatte in den Tagen zuvor den Schulweg schon mit mir geübt, begleitete mich aber in den ersten drei bis vier Tagen „sicherheitshalber" auf dem Weg. Die Schulwoche hatte übrigens, wie die Arbeitswoche auch, sechs Tage, also Samstag inklusive.

Auf dem Weg nach Hause fand ich in der Nähe eines frisch abgerissenen Bauernhofes einen silbernen Esslöffel[13], den ich freudig als neues Spielzeug an mich nahm. So bin ich auf dem üblichen Einschulungsfoto nicht nur mit meiner Schultüte, sondern auch mit dem Löffel in der Hand zu sehen. Diesen Löffel habe ich heute noch – er liegt in einem Vitrinenschrank in meinem Arbeitszimmer und wird mindestens einmal im Jahr auf Hochglanz poliert. Manchmal sage ich scherzhaft, dass ich noch nicht vorhabe, den Löffel abzugeben.

Wie es so ist im Leben: Es kehrt sehr schnell eine Gewöhnung ein, und so gewöhnte ich mich schnell an

---

[13] Der Löffel ist auf dem Coverfoto gut zu sehen.

die neue Füllung des Vormittags. Der Kindergarten – und leider auch die Kindergartenfreunde – waren schnell vergessen, dafür fand ich neue Freundschaften in der Klasse, die ihrerseits mit dem späteren Wechsel an die Realschule ebenfalls für immer verloren gingen.

Meine Mitschülerinnen und Mitschüler waren bunt gemischt, teilweise aus einfachsten Verhältnissen, teilweise aus eher vermögenden Elternhäusern. Einige Kinder hatten – so sehe ich das im Nachhinein – leichte bis mittelschwere geistige Beeinträchtigungen; sie tauchten nach einiger Zeit nicht mehr auf und heute gehe ich davon aus, dass sie an eine Förderschule (damals Hilfs- oder Fröbelschule genannt) überwiesen wurden.

Das zweite Schuljahr begannen wir mit 36 Kindern in der Klasse, das sollte bis auf zwei Umzugsfälle bis zum Ende der vierten Klasse so bleiben.

In den seltenen Fällen, in denen unsere Klassenlehrerin wegen Krankheit fehlte, wurden wir vom Rektor Keller zusammen mit seiner Klasse unterrichtet – wir zwängten uns also mit 60 bis 70 Kindern in einen Klassenraum. Der Rektor beschäftigte uns dann mit Schreib- und Rechenübungen („Päckchenrechnen") oder mit Kopfrechenaufgaben. Wir mussten alle! aufstehen, die Hände auf den Kopf legen und Kopfrechenaufgaben lösen. Wer die Lösung wusste, meldete sich, nannte nach Aufruf die Lösung und durfte sich dann, wenn sie richtig war, hinsetzen. Diejenigen, die als Letzte stehenblieben, bekamen eine Kopfnuss aus der Hand des Schulleiters. Heutzutage unmöglich!

Apropos: Die Prügelstrafe war n den Schulen noch erlaubt und wurde auch angewendet. Mehrmals pro Woche gab es – gleichgültig von welcher Lehrerin – eine Ohrfeige, einen Stups oder ähnliches, manchmal begleitet von lautstarkem Geschimpfe. Einmal meldete sich ein Schüler nach dem Morgengebet und beschwerte sich, dass ein Mitschüler seine Augen beim Beten nicht schließen würde, so, wie es sich gehörte. Er fing sich sofort eine Ohrfeige ein. Nicht wegen der Petzerei, sondern aus dem Grund, dass er das ja selbst nur mit geöffneten Augen beim Beten hatte beobachten können. Sei's drum: Großes Mitleid hatten wir mit der „Petze" alle nicht.

Ein weiteres Ereignis habe ich in dieser Beziehung in besonders lebendiger Erinnerung. Zwei Schüler meiner Klasse hatten sich in der Pause in die benachbarte katholische Bernarduskirche geschlichen und dort den Opferstock ausgeraubt, nicht ahnend, dass der dort tätige Priester ein „Krösken" mit unserer Klassenlehrerin hatte. Der hatte die beiden beobachtet und kam zur „Gegenüberstellung" sofort nach der

Pause in unseren Unterricht. Die Jungs hatten ihre Beute noch bei sich – die Lage war eindeutig. Frollein Kleineberg händigte dem Priester das Geld aus und nahm sich dann den ersten der beiden Jungs vor.

Das Bild, das sich uns dann bot, hat sich tief in mein Gedächtnis eingegraben: Sie packte den Jungen am Kragen und schlug mit dem Rohrstock auf ihn ein. Der versuchte seinerseits, dieser Lage zu entfliegen, indem er wegrennen wollte. Als Physiker weiß man, dass aus einem festen Drehpunkt mit tangential wirkenden Kräften eine Kreisbewegung entsteht. Also prügelte unsere Klassenlehrerin laut schimpfend auf den Knaben ein und dreht sich dabei recht schnell um die eigene Achse.

Das gleiche Schicksal ereilte natürlich den zweiten Jungen. Anschließend wurden die beiden nach Hause geschickt und ein Besuch der Eltern in der Schule war unumgänglich.

Nachbemerkung: Die Klassenlehrerin vertiefte im Lauf der Jahre ihr Verhältnis zu dem katholischen Priester. Dem (glaubwürdigen) Vernehmen nach quittierten beide im späteren Leben ihren Dienst, heirateten und bauten sich in Amerika ein neues, gemeinsames Leben auf.

Ab dem dritten Schuljahr wurden wir nicht nur von unserer Klassenlehrerin, sondern von anderen

Fachlehrern unterrichtet. Eine davon war Frau Hoffmann – von uns nur Hoppeditz genannt – in den Fächern Deutsch und Heimatkunde. Sie gab uns grundlegende Rechtschreibregeln mit auf den Weg, die ich heute immer noch gut gebrauchen kann: „Wer nämlich mit h schreibt, ist dämlich" oder „-heit, -keit, -schafft, -nis, -ung bedeutet stets die Großschreibung." Oder war es Frau Gusovius? Ich weiß es nicht mehr genau.

Ein anderer Lehrer, Herr Tröger, war Gründer und Vorsitzender des ortsansässigen Tauchclubs. Er lotste uns einmal pro Woche ins nahegelegene Hallenbad und brachte uns das Schwimmen und anschließend natürlich das Tauchen bei. In den Morgenstunden hatten wir die Badeanstalt nahezu für uns alleine, bis auf einige Kriegsversehrte mit amputierten Armen oder Beinen, die an einem Tag in der Woche freien Eintritt hatten. Hinsichtlich ihrer Traumatisierungen aus den Kriegserlebnissen wurden sie allerdings vollkommen allein gelassen.

Es gab übrigens zusätzlich einen speziellen Halbtag, in dem das Schwimmbad dem weiblichen Geschlecht vorbehalten war.

An und zu erzählte Tröger im Unterricht von seinen Kriegsverletzungen, und mir wurde alleine schon beim Zuhören regelmäßig schlecht. Einmal, als er uns

Drittklässlern von einer Untersuchung seines Gehirnwassers erzählte, kippte ich aschfahl im Gesicht vom Stuhl, so lebendig waren seine Erzählungen und so lebendig war meine diesbezügliche Fantasie. Bis in meine 40er-Lebensjahre hinein bekam ich mentale Probleme, wenn ich auch nur die Zeichnung eines menschlichen Gehirns sah. Ein deutliches Zeichen dafür, wie Schule lebenslang prägend wirken kann, ganz abgesehen davon, dass solche Erzählungen im Grundschulunterricht absolut nichts zu suchen haben.

Zwischendurch unternahmen wir immer wieder Exkursionen in die Umgebung und besichtigten Kleinbetriebe, Hausbaustellen, eine Tonbrennerei usw., natürlich nicht ohne nachfolgende Aufarbeitung durch Diktat und Aufsatz. Vor Weihnachten wurden Weihnachtsgeschenke gebastelt, im Karneval kamen wir alle verkleidet zur Schule. Ich denke, das alles ist heute auch noch so.

Nachmittags wurde von dem übrigens streng katholischen Kantor der Bernarduskirche ein Blockflötenkurs angeboten, an dem ich zu meiner großen Freude (und weniger zur Freude meiner Familie, insbesondere meines Bruders) gerne teilnahm. So lernte ich schon in der Grundschule das Notenlesen und die Kernelemente des gemeinsamen Musizierens kennen.

In den Pausen durften wir auf dem Schulhof spielen und in Ruhe frühstücken. Zudem gab es eine von den Schülern der höheren Klassen betriebene Versorgung mit Milch oder Kakao, die aus einem kleinen Raum heraus in Glasflaschen verkauft wurden. Die Getränkeflaschen wurden nach Gebrauch ebenso wie deren Abdeckungen aus Zinn- oder Aluminium wieder eingesammelt wiederverwertet.

Im Rückblick finde ich es immer wieder eigentümlich, wie wenig mir von den vier in der Volksschule verbrachten Jahre im Gedächtnis verblieben ist. Vielleicht weiß ich noch fünf oder sechs Namen von Mitschülern, mehr nicht. Trotzdem konnte ich halbwegs einwandfrei lesen, schreiben und rechnen, als ich die vierte Klasse beendete. Hinzu kamen Grundkenntnisse der Musik, der Heimatkunde und der Naturkunde. Zudem hatte ich das Schwimmen bis hin zum „Freischwimmer-Abzeichen" ganz gut gelernt. Als moralischer Kompass für unser zukünftiges Handeln wurden uns die Maximen „Dat tut man nich'", „Dat gehört sich nich'" und „Bleibe anständig" mit auf den Lebensweg gegeben, und „Wat sollen denn die Leute nur denken?" sollte uns vor dem (Fremd-)schämen bewahren. Alles das scheint heutzutage leider nicht mehr die Regel zu sein – oder es „kommt einfach nicht mehr an."

Fazit

Wie man meinem Lebenslauf entnehmen kann, bin ich im späteren Leben selbst Lehrer geworden, allerdings am entgegengesetzten Ende der Bildungskette, nämlich am Berufskolleg. Von daher weiß ich, welche gute Arbeit unsere Grundschulen unter ungleich schwereren Bedingungen heute leisten. Damals war die Schülerschaft in den Grundschulen weitgehend heterogen und die Eltern halfen nach Kräften mit, ihren Kindern eine bestmögliche Erziehung und Bildung zukommen zu lassen. Bedauerlicherweise haben sich die gesellschaftlichen Rahmenbedingungen seit meiner Volksschulzeit (die „Grundschule" gab es damals noch nicht) extrem geändert:

* *Immer mehr Kinder, gleichgültig, ob mit oder ohne Migrationshintergrund, kommt ohne grundlegende Fertigkeiten und Kenntnisse an die Grundschulen; selbst die einfachsten Dinge wie eine Schleife zu flechten, rückwärts zu laufen oder einfach nur eine „8" mit den Fingern in die Luft zu zeichnen, beherrschen sie nicht.*

* *Bedingt durch einen hohen Migrationsanteil gerade in den Ruhrgebietsschulen ist es sehr mühsam geworden, einen zielgerichteten Unterricht durchzuführen, weil viele Kinder schlicht und einfach nichts von dem verstehen, was die Lehrerin*

sagt. Da hilft auch eine geringere Klassengröße (obwohl ein erst einmal ganz guter Ansatz) nicht wirklich viel.

Aus meiner persönlichen Erfahrung heraus weiß ich schon seit den 1980er Jahren, dass der Anteil von Migranten in einer Klasse nicht über 25 Prozent liegen sollte, damit ein effektiver Unterricht möglich ist. Also maximal fünf Kinder in einer Klasse mit 20 Schülern. Manche Grundschullehrerinnen unterrichten in Klassen, in denen dieser Anteil bei über 90 Prozent liegt. Das kann nichts werden![14]

- *Viele Eltern verhalten sich gleichgültig gegenüber der Schule; sind nicht mehr „dahinter her", dass ihre Kinder etwas lernen.*

- *In der Vergangenheit sind seitens der Bildungspolitik im Land zu viele „Experimente" durchgeführt worden, die sich auf dem Papier sicher alle ganz gut anhören, aber viel Zeit von dem abziehen, was man als verlangbare Kernkompetenzen ansehen kann. Schlicht: Lesen, Schreiben, Rech-*

---

[14] Diese Aussage hat nichts mit Ausländerfeindlichkeit zu tun. Ich habe eine Schule geleitet, an der Schülerinnen und Schüler aus 54 Nationen unterrichtet wurden, und ich hatte zu allen ein gutes Verhältnis, das auf gegenseitigem Respekt beruhte. Aber vor dem Fakt – unter dem übrigens auch die Migrantenkinder leiden – kann man nicht die Augen verschließen; auch wenn genau das im Ministerium immer wieder versucht wird.

nen. (...und vielleicht auch, ab und zu einmal ohne Hinterfragung etwas einfach machen.)

- Die Alternativangebote außerhalb der Schulen sind groß und unüberschaubar geworden. Früher galt der Montag als schwieriger Tag in den Grundschulen, weil die Kinder sich erst einmal über das am Wochenende Erlebte oder im Fernsehen gesehene austauschen wollten. Heute, im Zeitalter einer gigantischen Medienüberflutung, ist sozusagen jeder Tag ein Montag.

Die andere Seite der Medaille ist, dass Kindern heute vollkommen andere Kompetenzen abverlangt werden als noch vor 60 Jahren. Wenn wir ehrlich sind: Niemand weiß wirklich, was unsere Kinder einmal im Leben brauchen werden.

Lesen? Muss nicht, das Handy kann einem alles vorlesen, wenn gewünscht sogar in beliebiger Sprache.

Rechnen? Das kann der Computer ebenfalls erledigen.

Schreiben? Die Spracherkennung des Handys macht das inzwischen mit sehr geringer Fehlerquote.

Sprachen? Es gibt sehr gute Übersetzungsprogramme für jedes Mobiltelefon.

Alles andere: Siehe oben! Die Kinder spüren auch, dass in dieser Hinsicht große Umwälzungen gesche-

*hen und machen das, was allein schon aus Gründen
der Energieersparnis[15] Sinn macht: vorsichtshalber
erst einmal nichts.*

*Es ist dringend an der Zeit, dass sich die für Bil-
dung zuständigen Organe in unserem Land darüber
verständigen, welche Inhalte für die Bildung der Zukunft bzw. der Bildung für die Zukunft unerlässlich
sind.*

Meine ersten Vorschläge dazu sind:

- *Lesen, artikuliertes Sprechen und Schreiben[16],
  denn dadurch – und zwar <u>nur</u> dadurch – entsteht
  das Denken.*

- *Rechnen – damit die Kinder einen realistischen
  Blick in die Welt bekommen und sich nicht ein X
  für ein U vormachen lassen, zudem wird das Hirn
  geschult.*

- *Verantwortungsvoller Umgang mit allen öffentli-
  chen oder nichtöffentlichen Medien*

---

15 Das menschliche Hirn ist ein sehr energieintensives Organ, denn
es verbraucht mehr als 20 Prozent der zur Verfügung stehenden Energie. Deshalb tritt das Hirn gerne in den „Sparmodus", um dadurch
Energie zu sparen. Das kennen wir alle: Der Anlaufwiderstand beim
Lernen ist immer groß, und routinierte Gewohnheiten entlasten das Hirn
und führen zu Sicherheit und Wohlbefinden.

[16] Es kommt mehrfach im Monat vor, dass ich mich frage, ob manche Menschen überhaupt jemals eine Schule besucht haben. Ein Blick
in die Einträge in zahlreichen Internetforen zeigt, was ich meine.

- *Grundlagen von Ethik und Moral. Das war bei uns ein „Das gehört sich nicht" oder ein „Das tut man nicht" oder einfach: „Lass das!". Das reichte schon, es dürfte aber heute ruhig etwas mehr sein und gerne auch theoretisch (Moralkunde, Philosophie) unterfüttert werden.*

Tablets, Whiteboards, Computersimulationen, Online-Unterricht usw. sind willkommene Ergänzungen zum Unterricht im Klassenraum. Im Zentrum jeden guten Unterrichts steht jedoch immer noch der Lehrer oder die Lehrerin. Und genau das wünschen sich die Kinder auch: Zuwendung, Beachtung, Wertschätzung, Lob und Anerkennung.[17]

Seien wir ehrlich: Brauchen wir Alten genau das nicht auch?

Fazit aus meiner Sicht: ein Vorteil (4 : 6) im Hinblick auf „Grundschule" zugunsten der 1960er Jahre.

---

[17] Ein Grund dafür sind die in den 1990er Jahren von Rizzolatti entdeckten Spiegelneuronen im Gehirn, die Menschen miteinander „synchronisieren". Diese Neuronen reagieren jedoch nicht auf Computerbilder o. ä., sondern nur auf Menschen.

Der Schule zweiter Teil

Nach der vierten Klasse wurden wir – wie es auch heute auch noch der Fall ist – in drei Gruppen eingeteilt. Eine Gruppe blieb an der Volksschule, die heute mit der (aussterbenden) Hauptschule vergleichbar war. Die Volksschule ging bis zur achten Klasse und endete mit dem Volksschulabschluss. Zur Erlangung der Mittleren Reife wurden die Kinder an die bis zur zehnten Klasse reichenden Realschule überwiesen, und einige wenige – die Klassenbesten – kamen ans Gymnasium, um dort nach neun Jahren das Abitur ablegen zu können.

Ich kam an die Realschule. Immerhin.

Die Friedrich-Ebert-Realschule (FER) lag in etwa 2,5 Kilometer Entfernung vom Stemmersberg, die ich natürlich per Pedes zu absolvieren hatte, bei Sonnenschein, Regen oder Schnee, egal.

In meiner Klasse waren wir 34 Jungen. Gemischte Klassen gab es an den weiterführenden Schulen noch nicht, erst gegen Ende der 1960er Jahre wurden erste Experimente mit der gemeinsamen Beschulung unter dem Namen „Koedukation" durchgeführt. Die Mädchen der FER wurden in einem eigenen Trakt mit eigenem Schulhof beschult, von denen wir Jungs streng ferngehalten wurden.

Ab sofort wehte für mich und meine Mitschüler in Sachen Schule ein anderer Wind: Die Lehrer waren strenger und die Leistungsanforderungen stiegen. Auch das ist bis heute so geblieben und viele Kinder beklagen, dass ihnen der Wechsel an die weiterführende Schule sehr schwerfällt. Die Bezugsperson, die wir von der Grundschule her als vertraute Klassenlehrerin kannten, gab es in dieser Form nicht mehr, denn jedes Fach wurde von jeweiligen Fachlehrern unterrichtet. Das Lehrpersonal war – wie soll ich sagen – unterschiedlich. Es gab gute, mittelprächtige und schlechte Lehrer. Das „Dritte Reich" hatte gerade einmal vor 20 Jahren sein Ende gefunden, und ein nicht kleiner Anteil der Lehrerschaft stand in dem Ruf, in der Zeit des Nationalsozialismus auch politisch aktiv gewesen zu sein. Ein typisches Beispiel für diese Nachkriegskarriere war der Direktor der Schule, der gleichzeitig auch unser Klassenlehrer war. Er hatte nach dem Untergang des Regimes seine Fahne in einen anderen Wind – in den der damals in Oberhausen starken SPD – gehängt und es immerhin bis zum Schulleiter der Realschule geschafft. Seine offensichtlich noch vorhandenen „innere Überzeugungen" lebte er jedoch im Mathematikunterricht bei uns aus, indem er Angst und Schrecken verbreitete und sowohl Schüler als auch seine Kollegen vor der Klasse beschimpfte und erniedrigte.

Das Schulleben war streng durchorganisiert. Morgens zu Unterrichtsbeginn um 8.00 Uhr nahm der Hausmeister seine Wachposition am Haupteingang der Schule ein. Schüler, die zu spät kamen, wurden sofort zum Direktor weitergeleitet, der dann ein heftiges Donnerwetter auf die Delinquenten herniedergehen ließ. Der innenliegende Pausenhof bestand aus einer Rasenfläche, die mit einem gepflasterten Weg umrandet war. Der Rasen durfte natürlich nicht betreten werden, erlaubt war lediglich die „geordnete" Bewegung auf dem Weg, und zwar entgegen dem Uhrzeigersinn. Ab und zu kamen wir auf die originelle Idee, den Weg im Uhrzeigersinn zu gehen, was aber sofort von den aufsichtsführenden Lehrern oder vom Direktor selbst stante pede unterbunden wurde. Mittwochs in der ersten Stunde war ein Gottesdienstbesuch angesagt, entweder in der evangelischen Christuskirche oder in der katholischen Herz-Jesu-Kirche. Auch hier wurde eine Anwesenheitskontrolle durchgeführt, denn der Gottesdienst war verpflichtender Bestandteil des Unterrichts. Einige Lehrkräfte wurden zusätzlich dazu verdonnert, die Umgebung der Kirchen nach „Fahnenflüchtigen" abzusuchen, die nach Ergreifung wiederum ein unangenehmes Date mit dem Schulleiter hatten.

Der Unterricht war – wie man heute sagt – streng lehrerzentriert. Der Lehrer stand vorne an der Tafel und wir hatten gefälligst die Klappe zu halten und zuzuhören. Die meisten Unterrichtsstunden waren langweilig und öde. Positive Rückmeldungen? Fehlanzeige! Manche Lehrer sahen zu, dass wir uns irgendwie mit den Büchern beschäftigten und schauten die ganze Zeit aus dem Fenster, lasen Zeitung oder beschäftigten sich mit Korrekturen, um aus der Brutto-Arbeitszeit eine Netto-Arbeitszeit zu machen.

Im Unterschied zur Grundschule wurde jedoch an der Realschule von der Lehrerschaft nicht mehr geschlagen oder geprügelt, ich kann mich zumindest nicht an einen solchen Vorfall erinnern. Im Jahr 1969 wurde die Prügelstrafe an Schulen schließlich endgültig verboten.

Zum Sommer 1967 wurden die Versetzungstermine auf den 1. August eines jeden Jahres umgestellt. Bis dahin hatte es die Versetzungszeugnisse immer zu den Osterferien gegeben und die Halbjahreszeugnisse zu den Herbstferien. Um diese Umstellung zu bewerkstelligen, wurde deshalb 1966/67 in zwei Kurzschuljahren mit jeweils ca. 10 Monaten Dauer unterrichtet. Das bedeutet, dass für meine Schülergeneration die Zeit bis zur „Mittleren Reife" nicht sechs, sondern nur fünfeinhalb Jahre dauerte und ich mit gerade

einmal 15 Jahren mein Abschlusszeugnis der Realschule in der Hand halten konnte. Stolz sein konnte
ich darauf allerdings nicht: Bis auf eine „zwei" in
Musik hatte ich nur „vieren" und in Mathematik sogar
eine „fünf". Eigentlich bescheinigte mir das Zeugnis,
dass ich ein kompletter Idiot war – und so kam ich
mir auch vor, nicht zuletzt deshalb, weil unser Klassenlehrer (und auch seine Kollegen) mich und meine
Mitschüler so behandelte. Neudeutsch: Self-fullfilling
Prophecy.

Nach langem Suchen – mein Zeugnis war, wie
schon erwähnt, miserabel und kein Ausbildungsun-
ternehmen wollte mich haben, fand ich, auch durch
Schützenhilfe meines Vaters, eine Lehrstelle zum
Maschinenschlosser bei der GHH. Eigentlich wollte
ich Mess- und Regelmechaniker oder Elektriker werden, aber meine „fünf" in Mathematik stand dem entgegen. Damit war ich der Einzige aus meiner Schul-
klasse, der nach dem Realschulabschluss einen
„Blaumann" anzog. Irgendwie wähnte ich mich am
Tiefpunkt meines Lebens, aber es sollte anders kommen.[18]

---

[18] Ich habe die Geschichte um meine „fünf" auf dem Abschlusszeugnis im Fach Mathematik im späteren Leben oft meines Schülern
erzählt, um ihnen klar zu machen, dass man daran arbeiten kann. In
meinem Fall: Mathe-Leistungskurs, Studium Maschinenbau und Physik mit Bestnote und Mitautor von zahlreichen Mathematikbüchern:
Ging doch!

Fazit

Auf den ersten Blick hat sich seit 1970 bis heute nicht viel geändert am Schulsystem. Die Anzahl der Pflichtschuljahre wurde wohl um ein neuntes Schuljahr erhöht, geblieben ist jedoch die Dreigliedrigkeit mit

- *Hauptschulabschluss nach 9 bis 10 Jahren*
- *Mittlerer Reife (heute: Mittlerer Schulabschluss)*
- *Abitur nach insgesamt 13 Jahren.*

Aber das Schulsystem ist durchlässiger geworden. In den 1960er Jahren war mit dem Wechsel in die fünfte Klasse der weitere schulische Weg vorgezeichnet; es war nahezu unmöglich, z. B. nach der Mittleren Reife irgendwie das Abitur zu erlangen, bestenfalls über spezielle Forbildungseinrichtungen. Der damalige Volk- bzw. Hauptschulabschluss führte fast zwangsläufig in eine anschließende zumeist handwerkliche Lehre, die Mittlere Reife zu einer Lehre im Büro oder Amt und das Abitur zum Studium mit den entsprechenden Möglichkeiten der Berufswahl. Mittlerweile ist ein Wechsel von einer Schulform zur anderen durch einen gestuften Aufbau leichter, ganz abgesehen von der „in sich" durchlässigen Gesamtschule.

Über lange Jahre hinweg wurde von politischer und gesellschaftlicher Seite aus ein möglichst hoher Anteil an Abiturienten angestrebt, manchmal hatte ich den Eindruck, dass in den Augen vieler „Entscheider", aber auch der Eltern und letztlich der Schüler die „Menschwerdung" erst mit dem Abitur beginnt. Das führte zwangsläufig dazu, dass möglichst viele Schüler diesen Abschluss anstreb(t)en, verbunden mit dem Wunsch, anschließend zu studieren und dann mit einem guten Einkommen ins Berufsleben zu starten. Schon in den 1990er Jahren warnten Industrie und Handwerk davor, Studienberufe gegenüber Handwerksberufen zu bevorteilen.

Gegenwärtig erleben wir die Folgen dieses Denkens. Die Hochschulen sind überfüllt während Industrie und Handwerk händeringend nach Auszubildenden und Fachkräften suchen.

Zudem schlich sich im Laufe der Jahre ein weiterer Effekt ein: Die Schulnoten auf den Zeugnissen wurden immer besser, dagegen sank die Ausbildungsfähigkeit der Jugendlichen parallel zu den immer schlechter werdenden Ergebnissen internationaler Bildungs-Vergleichsstudien ab. Deutschland, ehemals das Land der „Dichter und Denker" nimmt international bestenfalls nur noch einen mittleren Platz im Ranking ein und junge Menschen, die auch einmal den „Hammer in die Hand nehmen" sind nur noch schwer zu finden.

Ich sehe hier ein Totalversagen der Bildungspolitik – sei es im Bund oder sei es im Land – dessen Repara-

tur zu vielen Milliarden Euro Kosten führen wird, vollkommen abgesehen von den hohen Aufwendungen für falsch investierte Lebens- und Studienzeit.

Der Unterricht selbst ist bei Weitem nicht mehr so autoritär wie in den 1960er Jahren. Es wird wesentlich häufiger „offener Unterricht" gestaltet, in dem die Schüler im Mittelpunkt stehen und nicht die Lehrer. Das trotzdem sinkende Bildungsniveau ist weniger dem Unterricht an Schulen selbst als den Rahmenbedingungen geschuldet. Wie schon im „Teil 1" beschrieben, sieht sich Schule heute in einem vollkommen geänderten Umfeld mit einer ebenso vollkommen geänderten Schülerschaft. Mobiltelefone, Computerspiele, soziale Medien sind nun einmal einladender als ein noch so schönes Whiteboard im Klassenraum. Unsere Gesellschaft lebt unseren Nachkommen seit Jahren die Spaßgesellschaft vor – was soll man dann anderes von den Kindern und Jugendlichen erwarten?

Weithin zu beobachten ist zudem eine schlimme Orientierungslosigkeit der Schulabsolventen. Zu großen Teilen haben sie nicht einmal eine geringe Vorstellung von dem, was sie einmal werden bzw. wovon sie ihren Lebensunterhalt verdienen wollen.

Als Schulleiter habe ich das bei nahezu allen Schülern der Vollzeitklassen so erlebt und deshalb gegen

101

den anfänglichen Widerstand von Ministerium und Bezirksregierung ein „Bildungsberatungsbüro" an meiner Schule eingerichtet, in dem sich unsere Schüler hinsichtlich des weiteren Bildungsweges von kompetenten Fachleuten beraten lassen konnten.

Inzwischen gehört eine solche Einrichtung fast zum Pflichtprogramm aller Schulen der Sekundarstufen I und II.

Später ging ich mit einem Vorschlag noch einen Schritt weiter, den ich hier in aller gebotenen Kürze darstelle: Alle Schülerinnen und Schüler werden ausnahmslos nach dem Schulabschluss zu einem einjährigen Praktikum in einem der drei Berufsfelder (gewerblich-technisch, sozialpädagogisch, Wirtschaft) verpflichtet, also ähnlich der Wehrpflicht bis zu deren Abschaffung. Dieses Praktikum wird vom Staat bezahlt und auf eine spätere Rente angerechnet. Sofern im Anschluss eine Ausbildung im gleichen Berufsfeld aufgenommen wird, wird das Jahr auf die Ausbildungsdauer angerechnet, im Fall der Studienaufnahme als das heute übliche Pflichtpraktikum. Betreut und gesteuert werden könnte das alles durch die freiwerdenden Kapazitäten an Berufsbildungszentren bzw. Berufskollegs.

Auf den ersten Blick sieht das alles nach „teuer" aus, ist es aber beileibe nicht, da sich für die allermeisten kaum etwas ändert und letztlich hohe volkswirtschaftliche Kosten wegen Lehr- und Studienabbrüchen vermieden werden, ganz abgesehen vom Grundstock der Rente, der in die Rentenkasse eingezahlt wird. Eine naturgemäß grobe, aber realistische Kostenabschätzung fügte ich dem Schreiben bei; sie lag bei 15 Milliarden Euro, also ein Klacks gegenüber so manchem Wumms.

Wie nicht anders zu erwarten, wurde der Vorschlag vom Bundesarbeitsministerium mit einem höflichen Brief abgelehnt. Ich bin aber sicher, dass dieses oder ein ähnliches Modell noch in diesem Jahrzehnt kommen wird.

Wetten, dass ...?

Fazit aus meiner Sicht: ein leichter Vorteil (6 : 4) im Hinblick auf „Weiterführende Schule" zugunsten der Gegenwart, insbesondere wegen der verbesserten Durchlässigkeit und der größeren Schülerzentrierung.

Urlaubsreisen, Ferien, Essen gehen

In den ersten Jahren nach dem Ende des Zweiten Weltkrieges waren Urlaubsreisen für den weitaus größten Teil der Bevölkerung schlichtweg undenkbar. Einerseits hatte man sich um die Befriedigung der wichtigsten Grundbedürfnisse wie Wohnen, Essen usw. zu kümmern, es ging vor allem um das bloße Überleben. Andererseits war das Reisen teuer und die entsprechenden Strukturen wie Hotels, Pensionen, Restaurants usw. gab es noch gar nicht, ganz zu schweigen von Kreuzfahrtschiffen und Flugzeugen. Erst in den späten 1950er Jahren begann änderte sich die Situation zu verbessern.

Der erste Urlaub, an den ich mich erinnern kann, war im Jahr 1961 ein Urlaub in Cochem an der Mosel. Allerdings fand dieser ohne mich und meinen Bruder statt – meine Eltern „parkten" uns bei meiner Großmutter väterlicherseits und gönnten sich eine Woche lang Erholung, wahrscheinlich nicht nur von der Arbeit, sondern auch von uns.

Oma war noch sparsamer als mein Vater und nur sehr ungern erinnere ich mich an das – gelinde gesagt – preisgünstige Essen, das ich unter ihrem nicht immer nur sanften Zwang („Der Teller wird leer gegessen!") unter Tränen in mich hineinzwingen musste.

Im Jahr 1963 konnten meine Eltern sich ein Auto leisten – einen Ford „Taunus 12 m" in der für die Zeit typischen Zwei-Farben-Lackierung (Karosserie weiß, Dach grün) und mit zeitgemäßer Ausstattung: Lenkradschaltung, ohne Sicherheitsgurte, vorne eine Sitzbank statt Einzelsitzen und stolzen 40 PS unter der Motorhaube, die eine Höchstgeschwindigkeit von gut 120 km/h ermöglichten.

Mit diesem Gefährt ging es für mich in den ersten gemeinsamen Urlaub mit meinen Eltern. Mein Vater liebte den Schwarzwald, und so war das Ziel der zweiwöchigen Reise vorgegeben. Nach einer mehr als achtstündigen Autofahrt, teilweise noch über Landstraßen, erreichten wir schließlich unser Ziel. Zwischendurch musste mein Vater mehrmals anhalten, um von der Frontscheibe die Insektenleichen, die während der Fahrt gegen den Wagen geprallt waren, abzukratzen.[19]

Wir logierten in einem Bauernhof mit einfachen Fremdenzimmern in der Nähe von Baiersbronn. Die Organisation der Reise erledigte meine Mutter vorab per Postkarten und Briefen, denn Telefone waren noch damals nicht sonderlich verbreitet.

---

[19] Ein mehr als deutliches Zeichen für die sich ändernden Umweltbedingungen. Inzwischen kann ich im Hochsommer mehrere 1000 Kilometer fahren, ohne dass sich nennenswerte Mengen toter Insekten auf der Windschutzscheibe befinden.

Das Landleben war für mich als Stadtkind eine völlig neue Erfahrung, und ich war überrascht über die reine, frische Luft, die nach Heu und Kühen roch und nicht nach faulen Eiern, wie ich es von zu Hause kannte. Neu für mich war es auch, dass jemand anderes kochte als meine Mutter oder meine Oma, denn ich hatte noch nie zuvor ein Restaurant besucht. Mein Lieblingsgericht wurde „Hähnchen mit Pommes" und damit reihte ich mich in das damalige Millionenheer der Freunde dieser Speise ein.

Eigentlich waren es unbeschwerte Tage: Oft half ich der Bäuerin beim Melken der Kühe, beim Füttern der Schweine und beim „Sensen" der Wiese (das ist gar nicht so einfach!) und manchmal unternahmen wir Ausflüge in die nähere Umgebung. Es war alles schön, bis zu einem Tag, der sich tief in mein kindliches Gedächtnis einbrannte. Es war Schlachttag. Eines der Schweine, das ich in den Tagen zuvor gefüttert hatte, wurde auf den Hof geführt, wo bereits der Schlachter mit einem Bolzenschussgerät wartete.

Ich wollte weglaufen, aber mein Vater war der Meinung, ich solle das Schlachten unbedingt mit ansehen um „abgehärtet" zu werden. Noch heute habe ich das verzweifelte Quieken des Schweins im Ohr, das wohl sehr genau wusste, was auf es zukam. Nach dem Schuss in den Kopf fiel es zu Boden und die Bäuerin rührte das Blut, damit es nicht gerann, bevor die Blutwurst daraus gemacht wurde.

Am Abend fand ein Schlachtfest statt. Ich aß nicht mit und saß traumatisiert und weinend im Schlafzimmer. Die Bilder des verzweifelten Schweins und des Schlachtens ließen mich für lange Zeit nicht los.

In den folgenden Jahren fuhren wir noch mehrmals nach Baiersbronn, in den späteren Jahren auch an die Nordsee oder – mein erster Auslandsaufenthalt – nach Meran in Tirol.

Restaurants, wie ich sie im Urlaub kennengelernt hatte, waren in Oberhausen nahezu unbekannt. Oberhausen war nun einmal eine „Malocherstadt", in der man sparsam sein musste und für den Luxus eines Restaurantbesuchs kein Geld übrighatte. In den umliegenden Kneipen konnte man zwar einen Imbiss (Brühwurst, Solei, Frikadelle) bestellen, mehr aber nicht.

Das Angebot der wenigen Speiserestaurants in Oberhausen war demgemäß überschaubar. Es gab die übliche Hausmannskost wie Schweineschnitzel, Sauerbraten, Roulade oder Schweinebraten. Da konnte man gleich zu Hause essen, denn dort gab es dasselbe, nur wesentlich billiger, zu essen. Die erste Pizza meines Lebens aß ich beim „Italiener" im Alter von 20 Jahren in Oberhausen. Das war eine für mich völlig neue, fast schon exotische Erfahrung.

Überhaupt: Die heimische Küche war eher einfach, heute würde man euphemistisch sagen: „rustikal". Fertig- oder Tiefkühlgerichte waren vollkommen unbekannt, bestenfalls gab es bei uns Dosensuppen oder klebrige Eierravioli aus der Dose, die von meiner Mutter manchmal an Waschtagen gekocht und von meinem Vater nur unter energischem Protest gegessen wurden.

Mein Vater kam in seiner Mittagspause immer pünktlich um 13 Uhr nach Hause; dann hatte das Mittagessen fertig auf dem Tisch zu stehen.

Arbeiter und Angestellte, die in der Mittagszeit nicht nach Hause gehen konnten, nahmen einen „Henkelmann", ein mit dem Mittagessen gefülltes Blechgefäß mit oder die Ehefrau brachte die Mahlzeit zu einem verabredeten Treffpunkt. In Oberhausen war das zum Beispiel die heute noch existierende „Henkelmann-Brücke" zwischen dem Hüttenwerk und der Arbeitersiedlung am Brücktor in Oberhausen.

Die üblichen Gerichte bei uns zu Hause waren Bratwurst, Braten, Frikadellen, Schnitzel usw., wegen der noch unzureichenden Hygienestandards tunlichst gut durchgebraten und immer mit Salzkartoffeln als „Sättigungsbeilage" und gekochtem Gemüse, zum Nachtisch meist eingekochtes Obst[20]. Die Kartoffeln wurden einmal jährlich sackweise vom Kartoffelbauer gekauft und dann im Keller („dem Kartoffelkeller") eingelagert. Das Obst wurde ebenfalls ein Mal pro Jahr eingekocht und im Keller aufbewahrt, das Gemüse gab's frisch aus dem Lebensmittelgeschäft gegenüber. Alle frischen Lebensmittel, insbesondere Schlangengurken, mussten vor dem Verzehr sorgfältig gereinigt oder sogar geschält werden, wenn man keine Magen-Darm-Erkrankung riskieren wollte.

Freitags stand aus religiöser Tradition immer Fisch auf dem Speiseplan, oft Rotbarschfilet, das damals noch sehr preisgünstig war, oder Bratheringe, das sogenannte Arme-Leute-Essen. Samstags gab es in den meisten Haushalten eine Erbsen- oder Linsensuppe, sonntags üblicherweise einen Braten, der bis zum Montag oder sogar bis zum Dienstag reichte.

Das Abendessen – bei uns pünktlich um 19.00 Uhr, man konnte die Uhr danach stellen – war nicht nur bei uns eher spärlich, so, wie man es heute noch in Landschulheimen oder Krankenhäusern kennt: Brot mit Butter, Wurst und Käse, dazu Hagebuttentee.

---

[20] Durch den Verzehr rohen Fleisches hatte ich mir mehrmals Bandwürmer als unerwünschte Untermieter in meinem Darm zugezogen. Sehr unangenehm!

Fazit

Die Menschen im Ruhrgebiet waren damals alles andere als wohlhabend, die spärlichen Einkommen reichten bei den meisten Familien gerade einmal für's Überleben aus und oft genug war am Ende des Geldes noch einiges an Monat übrig. Mit zunehmendem Wohlstand kam die bekannte Reisewelle auf, die bis in die heutigen Tage – nur unterbrochen von der Corona-Pandemie – anhält. Schließlich sind wir Deutschen Weltmeister im Reisen! Heute sehe ich vieles eher kritisch, dazu aber mehr in der Zusammenfassung am Ende des Buches. Vom Gefühl her war ein einfacher Urlaub in einer bäuerlichen Pension oder in einem Gästezimmer an der Nordsee für mich als Kind völlig ausreichend. Kinder finden ihre Abenteuer nicht in der großen weiten Welt, sondern immer dort, wo sie sich gerade befinden.

Wesentlich schwieriger als heute war die Organisation einer Reise, denn alleine um einen Urlaubstermin mit der Pension abzustimmen, war ein mehrfacher Schriftwechsel per Post nötig – heute ist die ganze Welt nur ein paar Mausklicks weit entfernt.

Das Essen war vom Angebot her – na ja – überschaubar. Fett- und Kalorienreich, aber immer der Jahreszeit angemessen. Das Angebot der Restaurants orientierte sich an der „bürgerlichen Küche", prinzi-

piell gab es nichts anderes im Angebot als das, was man sowieso schon kannte. Hauptsache, der Teller war voll. Dafür war vieles aus heutiger Sicht nachhaltiger. Kartoffeln, Gemüse, Eier usw. wurden in größeren Mengen beim Bauern oder über den Lebensmittelladen in der Region gekauft. Für die frische Milch gab es den Milchbauern um die Ecke. Selbst das Feierabendbier wurde in der Nähe gebraut, denn es gab eine Vielzahl lokaler Brauereien, die sich im Laufe der Jahre alle nicht gegen die erdrückende Konkurrenz der Großbrauereien halten konnten.

In Puncto „Essen gehen" liegt die Gegenwart weit, weit vorne. Das kulinarische Angebot ist nahezu unüberschaubar groß, ich schätze, dass es alleine in Oberhausen mittlerweile mehr als 30 verschiedene internationale Angebote gibt – von chinesischer und japanischer Küche über die italienische bis hin zur indischen Küche sind Spezialitäten aus allen Regionen der Welt selbstverständlicher Bestandteil unserer Küchenpläne geworden. Und wer möchte schon darauf verzichten?

Fazit aus meiner Sicht: ein Vorteil (8 : 2) im Hinblick auf „Urlaub und Essen" zugunsten der Gegenwart.

Kunst und Kultur

Nicht nur in Sachen Kulinarik lag Oberhausen in der Diaspora, sondern auch in kultureller Hinsicht war weitgehend Finsternis angesagt. Es gab zwar ein sogar über die Stadtgrenzen hinaus bekanntes Theater mit eigenem Orchester, aber in Toto war es das schon. Ab und traten in den „Tanzlokalen" der Stadt lokale Musiker auf, doch die „großen" Künstler machten einen weiten Bogen um das Ruhrgebiet, schlichtweg, weil hier das Geld nicht so locker saß wie in den Metropolen des Landes. Zudem bemühten sich die Volkshochschulen und ortsansässige Vereine, das Kulturleben zu bereichern, doch ihre Aktivitäten blieben lokal begrenzt und erzielten nur mäßigen Erfolg. Einrichtungen, die wir heute für selbstverständlich halten, wie Musik- oder Malschulen befanden sich noch in der Aufbauphase, ebenso die „Internationalen Kurzfilmtage", die bis heute bestehen.

Immerhin finanzierten mir meine Eltern während meiner Grundschulzeit ein Schüler-Abonnement für das Theater, das ich gerne, ja, sogar mit Begeisterung wahrnahm.

Für Ausstellungen der „Bildenden Kunst" gab (und gibt es die Räumlichkeiten im Schloss Oberhausen.

Nach dem Abschluss der Realschule fing ich an, mich ernsthaft für das Musikmachen zu interessieren. Ich konnte zwar einigermaßen sicher auf der Blockflöte spielen, aber das reichte bei Weitem nicht, zumal ich schon ab dem ersten geblasenen Ton massiven Ärger mit meinem Bruder bekam. Seit 1968 sang ich in einem Jugendchor der Evangelischen Kirche mit, dem „Sing- und Spielkreis" unter der Leitung der damaligen Kantorin. Sie hatte eine kleine Gitarre, die sie mir auslieh. Das war schön, aber ich kannte niemanden, der mir zeigen konnte, wie man das Instrument bediente. Es gab zwar eine Privatmusiklehrerin in Osterfeld, doch sie unterrichtete Gitarre aber nur „nebenher". Die Musikschule befand sich noch in der Gründungsphase, und der dortige Gitarrenunterricht wurde von einem städtischen Angestellten gegeben, der das Instrument als Hobby spielte und sich damit ein Zubrot verdiente.

Abgesehen von dem mageren Angebot war mir das alles zu teuer, deshalb brachte ich mir die Grundlagen des Gitarrenspiels notgedrungen autodidaktisch bei.

In den meisten Wohnungen stand inzwischen zumindest ein Radiogerät, mit dem man zwei oder drei Sender über die qualitativ gute Ultrakurzwelle empfangen konnte. Viele Sender sendeten jedoch über die vornehmlich rauschende Mittel- oder Langwelle. Das

Musikangebot bestand entweder aus Schlagern mit Stars wie Caterina Valente, Hans Albers oder Freddy Quinn. Spezielle Angebote für Jugendliche waren selten, die behalfen sich mit dem Hören von Piratensendern wie „Radio Caroline"[21] oder „Radio Luxemburg", die die neuesten Hits der Beatszene spielten. Mein Bruder hatte zu Weihnachten ein Tonbandgerät (Tesla, eine tschechoslowakische Marke im Vertrieb des Versandhauses Quelle, nicht verwandt mit dem heutigen E-Wagen Hersteller) geschenkt bekommen, mit dem er die Sendungen sorgfältig mitschnitt, indem er das mitgelieferte Kohlemikrophon vor den Lautsprecher des Radios stellte. Wehe, wenn ich dabei auch nur einen Mucks von mir gab!

Für die „leichte Unterhaltung" gab es einige Kinos, damals noch „Lichtspielhäuser" genannt. Mit der zunehmenden Verbreitung von Fernsehern, den sogenannten „Pantoffelkinos", verschwanden jedoch viele dieser Kinos, von wenigen Ausnahmen abgesehen.

---

[21] In der Nachkriegszeit unterlagen die Rundfunkfrequenzen noch strengen Restriktionen. Deshalb betrieben einige Sender ihre Stationen außerhalb der Staatsgrenzen auf Schiffen im Meer. Daher der Name „Piratensender".

Fazit

Im Hinblick auf "Kunst und Kultur" ist es relativ leicht, eine Bewertung vorzunehmen, denn ein kulturelles Angebot war in den 1960er und den frühen 1970er Jahren so gut wie nicht vorhanden. Insbesondere für Jugendliche war nichts Adäquates zu finden. Größere Events fanden bestenfalls in Essen in der Grugahalle oder in Dortmund in der Westfalenhalle statt. Für die ältere Bevölkerung gab es immerhin das Theater Oberhausen, doch schon damals war ein Theaterbesuch nicht jedermanns Sache.

Es hat sehr lange gedauert, bis das Ruhrgebiet zu dem „Kulturgebiet" mit einem breiten Angebot in sämtlichen kulturellen Bereichen wurde, das es heute ist. Inzwischen können wir mit jeder Metropolregion Europas locker mithalten. Deshalb sprechen die Werbefachleute des Ruhrgebiets heute auch nicht mehr vom Ruhrpott, sondern von der „Metropole Ruhr".

Immerhin!

Fazit aus meiner Sicht: Vorteil (8 : 2) im Hinblick auf Kunst und Kultur zugunsten der Gegenwart.

Feste feiern wie sie fallen

Es wurde viel gearbeitet! In der Mitte der 1960er Jahren steuerte die westdeutsche Wirtschaft immer höhere Umsatzmarken an, das „Wirtschaftswunder" hatte volle Fahrt aufgenommen. Die Arbeitslosigkeit der Nachkriegsjahre hatte sich in einen Mangel an Arbeitskräften gewandelt, dem durch das Anwerben von ausländischen Arbeitskräften, sogenannten Gastarbeitern, abgeholfen werden sollte.

Schon die Bibel sagt: „Wer nicht arbeiten will, der soll auch nicht essen". (2.Thessalonicher 3,10). In der Umkehrung heißt das aber „Wer viel arbeitet, der soll auch essen." Und in aller Bibeltreue wurde von der westdeutschen Bevölkerung genau so gehandelt. Es wurde gegessen und getrunken, als gäbe es kein Morgen. Gerne fettreiche Kost und hochprozentige Spirituosen, bis es nicht mehr ging.

Die meisten Feiern, die ich als Kind miterlebte und in lebhafter Erinnerung habe, waren natürlich die christlichen Feiertage wie Weihnachten und Ostern.

Einige Tage vor dem Weihnachtsfest kaufte mein Vater einen kleinen Weihnachtsbaum, der am Nachmittag des 24. Dezember ins Wohnzimmer verfrachtet wurde. Ein Christbaumständer war ihm zu teuer, stattdessen diente eine große, mit Sand gefüllte

Blechdose, die mit etwas weihnachtlichem Geschenkpapier vom Vorjahr umwickelt wurde, als Halterung. Spätestens dann wurden wir Kinder aus dem Wohnzimmer gewiesen und meine Eltern machten sich daran, den Baum mit den üblichen Kugeln, Lametta und natürlich Kerzenhaltern mit Wachskerzen zu drapieren. Um 16 Uhr wurde gebadet und wir zogen die Kleidung, die „für gut" vorbehalten war, an. Anschließend ging es dann erst einmal zu Fuß zum Haus von Oma und Opa, die in ungefähr vier Kilometern Entfernung wohnten. Dort versammelten sich alle Geschwister meines Vaters mit ihren Kindern, also meinen Cousins und Cousinen. Opa und Oma waren tiefgläubige Christen der Freievangelischen Gemeinde, mein Opa war sogar deren Prediger. Dementsprechend verlief die Weihnachtsfeier: Wir, insgesamt über 20 Personen, scharten uns um den reich gedeckten Gabentisch und Opa las uns erst einmal aus der Bibel vor. Dann wurde gebetet, anschließend gesungen. Eine Tante begleitete uns auf dem Harmonium, einem klavierähnlichen Tasteninstrument, das durch mit den Füßen getretene Blasebälge orgelähnliche Töne absonderte. Im Volksmund wurde das Harmonium etwas despektierlich auch „Halleluja-Kommode" genannt. So ging es über eine Stunde lang, Beten, Predigen und Singen im Wechsel, während wir Kinder ungeduldig auf die zahlreichen Geschenke, die auf dem Tisch lagen, starrten. Irgendwann war es dann so weit, und wir durften auspacken. Alle Onkel und Tanten beschenkten die Kinder ihrer Geschwister, und weil Opa und Oma viele Kinder hatten, kam da einiges zusammen.

Um 19 Uhr ging es dann – ebenfalls zu Fuß, aber nun schwer beladen – wieder zurück nach Hause. Mein Bruder und ich wurden erneut in unser Kinderzimmer verwiesen, während unsere Eltern das Wohnzimmer für die Bescherung vorbereiteten. Durch das Klingeln einer kleinen Glocke wurden wir von unserer Ungeduld erlöst und die Bescherung begann. Sie verlief ähnlich wie bei Opa und Oma, allerdings fiel alles etwas kürzer aus, denn eigentlich hatten wir ja unser christliches Soll in den vorherigen Stunden bereits mehr als erfüllt.

In den Jahren nach dem Mauerbau in Berlin wurde eine „Freiheitsglocke", eine Minikopie aus Kunststoff der gleichnamigen Glocke im Schöneberger Rathaus in Berlin, ins Wohnzimmerfenster gestellt, mit einer brennenden Kerze obendrauf. Die Dinger wurden damals für eine Mark in allen Schulklassen verkauft und sollten symbolisch zeigen, dass wir „unseren Brüdern und Schwestern in der Zone" (Adenauer) gedachten.

Die Berliner Freiheitsglocke

Nach der Bescherung und dem Auspacken der Geschenke gab es dann das traditionelle Weihnachtsessen; bei uns meistens Brühwürstchen mit rheinischem Kartoffelsalat.

Mein Vater sammelte das aus seiner Sicht noch brauchbare Geschenkpapier ein und faltete es sorgfältig zusammen. Das wurde später von meiner Mutter übergebügelt und fand dann im darauffolgenden Jahr erneute Verwendung.

Silvester wurde zusammen mit Freunden und Nachbarn zumeist in unserer Wohnung gefeiert, da wir – wie bereits erwähnt – schon früh über ein Fernsehgerät verfügten. Standardmäßig schauten wir alle dann eine Übertragung aus dem Ohnesorg-Theater in Hamburg oder später das immer zu Silvester gesendete Kabarettprogramm, entweder von den Berliner

„Stachelschweinen" oder der Münchener „Lach- und Schießgesellschaft". Zu essen gab es die damals üblichen Köstlichkeiten: Kartoffelsalat mit Würstchen, belegte Brötchen, den berüchtigten Mettigel, Käsesticks und halbierte, hartgekochte Eier, die mit (falschem) Kaviar belegt waren. Um Mitternacht, mit dem Beginn des neuen Jahres, wurde mit ein paar Böllern ein bisschen „geknallt", um – so war diese vor langen Zeiten Tradition entstanden – die bösen Geister zu vertreiben. Feuerwerk war noch nicht weit verbreitet und eher etwas für Leute, die zu viel Geld übrighatten.

Geburtstagsfeiern gab es eher in evangelischen Familien, bei den katholischen Nachbarn wurde der Namenstag gefeiert. Meistens rückte die gesamte Verwandtschaft an und ließ es sich bei Kaffee und Kuchen gut gehen. Ein besonderer Geburtstag im Jahreslauf war der meiner Mutter am 1. Mai, dem Maifeiertag. Für uns war dieser Geburtstag immer der Startschuss in die Sommerzeit, denn es gab das erste Speiseeis des Jahres, das ich mit dem Laufroller, später mit dem Fahrrad von der Bude mit dem besten Eis der Umgebung holte.

Ein besonderes „Event" im Leben eines evangelischen Kindes war die Konfirmation, durch die ein Kind als vollwertiges Mitglied feierlich in die Gemeinde aufgenommen wurde. Im Grunde markierte sie den Übergang ins „Erwachsenenalter".

Wir wurden zwei Jahre lang durch den wöchentlichen, nachmittags durchgeführten Konfirmationsunterricht von unserem Pfarrer darauf vorbereitet.

Ich war 14 Jahre alt, als es so weit war. Wenige Tage zuvor war mir mein Fahrrad gestohlen worden, was naturgemäß einen großen Verlust an Mobilität für mich bedeutete. Auf dem Weg zur Kirche, den meine Eltern und ich im Ford Taunus zurücklegten, sah ich mein Fahrrad an einer Hauswand lehnen. Mein Vater stoppte den Wagen, und ich schnappte mir mein Eigentum und legte den Rest des Weges zur Kirche – bekleidet mit meinem blauen Konfirmationsanzug, weißem Hemd und Fliege – per Fahrrad zurück.

„Da hat sich die Konfirmation doch tatsächlich gelohnt!", sagte ich zu meinen Eltern, als ich meinen wiedergewonnenen Drahtesel an die Kirchenwand lehnte. „Ich habe mein Fahrrad zurück".

Zack, hatte ich „eine hängen", da meine Ansicht über einen „sich lohnenden Tag" nicht auf die Erteilung des göttlichen Sakraments, sondern auf profanen Besitz bezog.

Die Konfirmation wurde zwei Tage lang gefeiert. Der Sonntag war der Verwandtschaft vorbehalten, diesmal mit Mittagessen und Kaffeetrinken. Am Montag (er war für frische Konfirmanden schulfrei) wurde dann die komplette Nachbarschaft zu Kaffee und Kuchen eingeladen. Insgesamt also ein Großereignis mit tatsächlich zahlreichen Geschenken. Die Jungen, also auch ich, bekamen zu diesem Anlass zumeist ihre erste Armbanduhr, die damals noch zu den teuren Wertgegenständen gehörte.

Bei den katholischen Familien gab es die Kommunion, die jedoch etwas vier Jahre früher, also im Alter von ca. acht Jahren, in ähnlichem Rahmen gefeiert wurde.

Mit der Konfirmation war meine Kindheit endgültig vorbei. Ein halbes Jahr später schloss ich die Schule ab.

Am 01.09.1971 begann meine Lehre zum Maschinenschlosser. Der damalige Ausbildungsleiter begrüßte uns (über 120!) Lehrlinge mit einer langen Rede. Er schloss sie ab mit den Worten: „Jeder von euch trägt den Marschallstab im Tornister."[22]

Aber das ist ein anderes Kapitel …

---

[22] Mit diesen Worten soll Napoléon Bonaparte ausgedrückt haben, dass sich jeder seiner Soldaten zu höchsten Aufgaben und Ämtern emporarbeiten könne.

Fazit

„*Früher war mehr Lametta*", *so heißt es in einem bekannten Sketch des unvergleichlichen Komikers Loriot. Zumindest in meinem Fall stimmt das, denn meine Kinder, das Schmücken unseres Weihnachtsbaums übernommen haben, sind eher sparsam mit den metallisch glitzernden Streifen. Ansonsten hat sich bei mir, bis auf die Zusammensetzung des Gästekreises, nicht viel geändert, sogar die Palette der angebotenen Speisen ist fast gleichgeblieben. Geburtstage werden im Kreis der Freunde und Verwandten gefeiert, die „runden" Geburtstage auch gerne einmal etwas größer. Der Einfluss der Kirche auf das Alltagsleben ist marginalisiert oder besser: nicht mehr vorhanden. Trotzdem feiern wir die kirchlichen Feste wie Weihnachten oder Ostern noch immer ganz gerne auf traditionelle Weise. In Zeiten steigenden Wohlstands fielen (und fallen) die Geschenke immer etwas üppiger aus als im Vorjahr (und wesentlich üppiger als in den 1960er Jahren), verbunden mit dem Problem, was man sich denn wünschen oder dem anderen schenken soll, denn man hat ja schon fast alles, was man braucht. Ein echtes Luxusproblem!*

Hochzeiten, die früher bestenfalls in der Kneipe „umme Ecke" im Familienkreis gefeiert wurden, haben sich im Lauf der Jahre zu riesigen Events entwi-

ckelt. Nicht selten geben Brautpaare deutlich fünfstellige Beträge für ihre Vermählung aus. Gleichzeitig hat sich die Scheidungsquote im Lauf der Jahrzehnte vervielfacht. Ein Unternehmer würde sagen, dass er mit so einer Investition viel Geld in den Sand gesetzt hat. Aber lassen wir das!

Fazit aus meiner Sicht: Gleichstand (5 : 5) im Hinblick auf Feste und Feiern

Resumee: Was war denn besser?

Vor gar nicht langer Zeit veranstaltete ich ein Klassentreffen mit meinen ehemaligen Mitschülern der Realschule. Unsere „Mittlere Reife" hatten wir alle seit 52 Jahren in der Tasche und es war das erste Wiedersehen nach sehr langer Zeit. Vier Mitschüler sind bereits verstorben. Tempus fugit!

Unsere Lebensläufe sind natürlich vollkommen unterschiedlich und jeder von uns ist „seinen Weg" gegangen. Es gab jedoch einige Dinge, die bei allen von uns gleich waren, wie ich sogar schon im Vorfeld des Treffens bei der Korrespondenz feststellen konnte.

1. Aus allen ist „etwas geworden". Die Palette der Berufe, die wir ergriffen haben, war breit gefächert: vom Arzt über Ingenieure, Lehrer, Architekten bis hin zum selbstständigen Unternehmer. Alles dabei.

2. Mit einigen meiner Mitschüler hatte ich im Vorfeld des Treffens einen regen Schriftwechsel per Mail. In allen Schreiben habe ich außer ein paar Flüchtigkeitsfehlern keine gravierenden Rechtschreibfehler gefunden. Ich glaube nicht, dass das einer Künstlichen Intelligenz, sondern vielmehr einer guten (Grund-)schulung geschuldet ist.

3. Alle haben so lange wie möglich in ihrem Beruf gearbeitet, weil sie ihn gerne ausgeübt haben. Mittlerweile sind alle pensioniert, blicken aber mit Freude und Dankbarkeit auf ihr Berufsleben zurück.

4. Bis auf einige wenige, die direkt nach der Realschule auf das Gymnasium gewechselt haben, haben alle eine Ausbildung in einem Lehrberuf absolviert.

Wohlgemerkt: Ich schreibe über Absolventen der Realschule mit einem Mittleren Schulabschluss. Heute ist dieser in vielen Fällen schon nicht mehr ausreichend für den Start in eine Ausbildung.

Wir saßen zunächst an einem großen Tisch zusammen, aber bereits nach kurzer Zeit löste sich die große Runde auf und wir standen oder saßen in kleineren Gruppen beieinander, um uns über unsere Lebensläufe und unsere heutige Sicht auf die Welt auszutauschen. Natürlich gingen hier die Meinungen im Hinblick auf die „Lage in Deutschland" weit auseinander, das war schon vor über 50 Jahren so und hat sich kaum geändert, abgesehen von einer altersmilden Toleranz, die man im höheren Alter dem (politischen) Gegner zukommen lässt. Einer von uns wurde schon in der 7. Klasse relegiert, weil er mit einer roten Fahne unter „Ho-Ho-Ho-Chi-Minh"-Rufen während der

Unterrichtszeit durch die Schulflure lief. Er gehört auch heute noch zum linken politischen Spektrum. Ein anderer war damals schon ein glühender Fan der CDU, auch hier hat sich nichts geändert. Sei's drum: In einer Sache waren wir uns in allen Gesprächskreisen einig:

Unsere Generation war (ist) wahrscheinlich die glücklichste Generation, die jemals in Deutschland gelebt hat.[23]

Warum?

Erstens ging es während unseres gesamten Lebens immer nur in eine Richtung: bergauf. Die äußeren Randbedingungen wurden von Jahr zu Jahr besser. Immer bessere Arbeitsbedingungen, immer besseres Einkommen, aufsteigende Karrieren, eine sauberere Umwelt, mehr als genügender Besitz, Fernreisen, eine gute medizinische Versorgung, und später „Work-Life-Balance" und vieles mehr. Das alles hat es für die normale Bevölkerung vorher nie gegeben und es ist angesichts der Entwicklungen in der Welt (leider) zu erwarten, dass diese guten Zeiten ein baldiges Ende finden werden. Heute blickt die Jugend lange nicht mehr so optimistisch in die Zukunft wie

---

[23] …. allerdings wahrscheinlich auch diejenige, der in der bisherigen Menschheitsgeschichte die größten Anpassungsleistungen abverlangt wurden.

wir damals, die wir relativ sorglos in die Zukunft schauen konnten. Dazu fällt mir der ironische Satz ein: „Die Zukunft ist auch nicht mehr, was sie einmal war." Früher absolvierte man eine Lehre oder ein Studium und bekam danach in der Regel einen Arbeitsplatz mit Aufstiegschancen und häufig lebenslanger Firmenbindung. Unsere Nachkommen müssen sich dagegen immer mehr an „Job-Hopping" gewöhnen, um sich über Wasser zu halten. Die Zukunftsgewissheit meiner Generation ist einer Ungewissheit gewichen, die viele Lebensbereiche betrifft, etwa die Entwicklungen des Internets und der Künstlichen Intelligenz (KI). Kein Mensch kann derzeit voraussagen, welche Folgen beispielsweise. das Starlink-Projekt eines amerikanischen Milliardärs mit über 40000(!) Satelliten haben wird. Da wird ein bislang nie dagewesenes Machtpotenzial aufgebaut und in die Hände einiger weniger Personen (mit teilweise eher zweifelhafter Reputation) gelegt. Ähnliches gilt für die Entwicklung der KI, bei der selbst die Forscher, die sie erarbeiten, ein Entwicklungs-Moratorium gefordert haben, um die Risiken, die sich aus dieser Technologie ergeben, erst einmal abschätzen zu können. Nicht wenige von ihnen sehen in der KI sogar die größte Gefahr für die Zukunft, noch vor dem Klimawandel, der Überbevölkerung und der Migration.

Aus dem „Enhighment", d. h., dass die Folgegeneration nach der transgenerationalen Weitergabe auf einem immer höheren Niveau leben kann als die Vorläufergeneration, scheint in nächster Zukunft tatsächlich ein „Endownment" zu werden.

Wir alle leben heute in größerem Luxus als beispielsweise der „Sonnenkönig" Ludwig XIV. Die medizinische Versorgung zu seiner Zeit hat ihn im besten Fall nicht auf der Stelle umgebracht, die hygienischen Verhältnisse waren selbst in Versailles katastrophal, Reisen waren beschwerlich und das optisch so wünschenswerte Leben im zugigen, kalten Schloss war ungemütlich. Man könnte jetzt einwenden, dass er viele Pferde, Lakaien und Diener, Köche, Hofnarren, Orchester und Bedienstete hatte, aber im Grunde haben wir das alles auch – in Form von Autos, Stereoanlagen, Kochmaschinen und vielen Dingen mehr, die uns den Alltag angenehmer machen.

Wenn wir heute klagen, dann klagen wir auf hohem Niveau! In diesem Zusammenhang möchte ich gerne noch einmal auf die Themen „Besitz" und „Reisen" zurückkommen.

Wir leben in Deutschland, einem der reichsten Länder der Welt. Was wir gerne ausblenden ist, dass dieser Reichtum auch auf den Schultern von Menschen in ärmeren Regionen der Welt entstanden ist und weiter getragen wird. Wir lasen kopfschüttelnd in den Geschichtsbüchern der Schule über die Versklavung von Afrikanern seit dem 18. Jahrhundert, aber letztendlich sind wir nicht besser, nur mit dem Unterschied, dass wir diese „Sklaven", die wir uns halten, nicht täglich sehen. Unsere preisgünstige Kleidung, die häufig genug ungetragen im Kleiderschrank verrottet, wird im Fernen Osten von Menschen, teilweise sogar von Kindern unter unwürdigen Bedingungen für einen Geringstlohn zusammengenäht. Ähnliches gilt für die Unterhaltungselektronik und viele andere Gegenstände des täglichen Gebrauchs. Hinzu kommt die immense Umweltbelastung, die der Transport dieser Waren auf dem See- oder Luftweg verursacht.

Bei den Fernreisen sieht es nicht wesentlich besser aus. Die Hotels in den Urlaubsländern können sich ihre niedrigen Zimmerpreise nur leisten, indem sie die Löhne der Mitarbeiterinnen und Mitarbeitern so tief wie möglich drücken. Gleiches gilt für Kreuzfahrtschiffe, die in den letzten zehn Jahren auf dem Reisemarkt boomen. Abgesehen von der auch hier riesigen Umweltbelastung werden auch hier die Bediensteten bei geringstem Lohn und überlangen Arbeitszeiten ausgepresst, oder – wie es Karl Marx ausdrückte – ausgebeutet. Zudem werden die Schiffe in Ländern wie Malta oder auf den Bahamas registriert, wo deutlich weniger Steuern anfallen und die Arbeitnehmer den dortigen Arbeitsmarktbedingungen unterliegen, die wesentlich schlechter sind als bei uns.

Das alles muss man – bitteschön – immer im Hinterkopf haben, und ich denke, wir können froh sein, wenn sich das nicht irgendwann einmal ganz böse rächt, denn die zweite und die dritte Welt fangen an, sich zu emanzipieren.

Ich gehe einmal davon aus, dass, wenn wirklich faire Löhne an die Arbeiterinnen und Arbeiter in diesen Ländern (aber auch in Deutschland) gezahlt und beim Transport auf bestmöglichen Schutz der Umwelt geachtet werden würde, wir einen Wertverlust des verfügbaren Einkommens von mindestens 25 Prozent hinnehmen müssten. Das hieße beispielsweise: Eine Kreuzfahrt würde in diesem Fall nicht mehr 2000 Euro, sondern mindestens 2500 Euro kosten, oder ein Fernseher nicht mehr 400 Euro, sondern 500 Euro bei gleicher Qualität und Größe, aber dafür hergestellt von fair bezahlten Arbeitskräften. Kurz: Wir könnten uns bei Weitem nicht mehr so viele Güter leisten wie jetzt, was unter dem Strich einem realen Einkommensverlust von etwa 25 Prozent gleichkäme.

In diesem Zusammenhang gibt es noch ein weiteres Problem, das sich in Deutschland in den vergangenen Jahren verschärft hat: Die Ungleichverteilung von Reichtum bzw. Einkommen. Eine Kennzahl dafür ist der sogenannte „Gini-Koeffizient", in dem – vereinfacht gesagt – das Einkommen der „unteren 20 Prozent" mit dem der „oberen 20 Prozent" verglichen wird. (der sogen. Gini-20; es gibt auch einen Gini-10 sowie andere Maßzahlen). Je höher dieser Koeffizient ist, desto größer ist die Ungleichverteilung.[24] In nahezu allen europäischen Ländern ist der Gini in den letzten Jahren gesunken, nur in drei Ländern – darunter eben auch in Deutschland – ist er gestiegen. Deutschland liegt mittlerweile schon unter dem Durchschnitt der europäischen Staaten. Die Reichen werden reicher und die Armen werden ärmer![25] Letztlich ist der Gini auch ein Indikator für den sozialen Frieden in einem Land. Lax gesagt: Je höher der Gini ist, desto größer ist die soziale Unzufriedenheit in der Bevölkerung.

Mit einem Seitenblick auf Umwelt und Klimaveränderung möchte ich daran erinnern, in welchem Zustand die Welt war, die wir von unseren Vorfahren übernahmen. Immerhin hat „meine" Generation für

---

[24] Beispiel: Bei einem Gini-Koeffizienten von 3,6 beträgt das durchschnittliche Einkommen der oberen 20 Prozent der Bevölkerung das 3,6-fache des Durchschnittseinkommens der unteren 20 Prozent.
[25] Ein Indikator dafür sind Einrichtungen wie „Tafeln", Suppenküchen und leider auch Menschen, die mit „Flaschensammeln" etwas Geld „hinzuverdienen".

eine saubere Luft im Ruhrgebiet gesorgt, Computer und die großangelegte Nutzung regenerativer Energien erfunden, den Klima-Schadstoffausstoß seit dem Jahr 2000 um mehr als 40 Prozent verringert, den Straßenverkehr sicherer gemacht und, und, und…

Ich erlaube mir in diesen Zusammenhängen, nicht nur defizitorientiert auf unsere Gesellschaft zu blicken. Es hat sich bereits immens viel getan, auch wenn noch ein weiter und mühsamer Weg vor uns liegt, um beispielsweise den Klimawandel und dessen Folgen bestmöglich „abzufangen". Gerade in diesem Bereich warten gigantische Aufgaben die nachfolgenden Generationen. Sofern – wie zu erwarten – der Klimawandel sich fortsetzt, könnte es sein, dass weite Landstriche des südlichen Europas mehr oder weniger unbewohnbar werden. Die dortigen Bewohner werden sich auf Dauer eine neue Heimat in den nördlichen Ländern Europas suchen müssen, und als EU-Bürger haben sie das Recht auf freie Wohnortwahl innerhalb der EU. In einem solchen Fall ist zu erwarten, dass sich die Situation beispielsweise. am Wohnungsmarkt noch weiter verschärfen wird, ganz zu schweigen von den xenophoben Tendenzen in Teilen der deutschen Bevölkerung.

Wenn ich an die 1950er und 1960er Jahre zurückdenke, so fallen mir immer wieder einige Begriffe ein, die diese Zeit ganz gut beschreiben:

Intoleranz: Vom „Mainstream" abweichende Meinungen, Einstellungen oder Lebensweisen wurden generell nicht toleriert. Homosexualität war strafbar, alternativ lebende Menschen (sofern es sie gab) wurden ausgegrenzt, ebenso wie Menschen mit Behinderungen. Glücklicherweise hat sich das grundlegend geändert.

Heute leben wir in einer der wenigen funktionierenden Demokratien auf der Welt. Das verlangt uns an vielen Stellen einiges ab, aber gerade dadurch ist die deutsche Gesellschaft toleranter und offener geworden.

Muffigkeit: „Unter den Talaren der Muff von 1000 Jahren", so skandierten die Studenten während der Unruhen der 1968er Jahre. Ja, es war muffig in Deutschland, unbeweglich, obrigkeitshörig und stockkonservativ. Auch das hat sich glücklicherweise gebessert.

In beiden Beziehungen – Intoleranz und Muffigkeit – scheint sich unsere Gesellschaft aber allmählich wieder zurückzuentwickeln. Wehret den Anfängen!

Damals, bedingt durch die häufigeren sozialen Kontakte, die man wegen fehlender Alternativen hatte, gab es meiner Ansicht nach auch einen größeren sozialen Zusammenhalt[26] und mehr menschliche Nähe. Jetzt, im höheren Alter, habe ich die Zeit und die Möglichkeit, in diesem zwischenmenschlichen Bereich wieder aktiver zu werden. In diesem Zusammenhang können wir uns gerne von den südlichen Ländern etwas abschauen: Einfach einmal das Handy zu Hause lassen, sich mit Freunden im Café treffen, gemeinsame Ausflüge unternehmen und so weiter. Diese Formen der „Sozialhygiene" sorgen für ein gutes Gefühl und helfen gegen Vereinsamung oder – Verzeihung! – Vertrottelung, weil man auch immer wieder geistig gefordert wird.

Während meiner Tätigkeit als Schulleiter führte ich das „Unterrichtsfach Glück" an meinem Berufskolleg ein[27], und sogar die „Tagesschau" berichtete mehrfach ausgiebig darüber. In diesem Fach ging es darum, den weitgehend orientierungslosen Schülerinnen und Schülern Hilfen zur Planung ihrer individuellen Zukunft zu vermitteln: Ziele setzen, Teilziele erreichen, an der eigenen Persönlichkeit arbeiten, lernen usw.

---

[26] Allerdings nicht zu verschweigen: Es gab auch eine höhere soziale Kontrolle

[27] …übrigens erneut gegen den Widerstand des Ministeriums. Zitat: „Wo bitte steht das Fach im Lehrplan?"

In diesem Zusammenhang lernte ich die fünf Glücksfaktoren („die fünf F") kennen, die ich unter anderem meinen Schülern mit auf den Lebensweg gab.

Diese sind:

- Freunde
- Freude (Spaß)
- Familie
- Fitness (Gesundheit)
- Finanzen (Vermögen, Einkommen)

Wenn diese fünf Faktoren positiv erfüllt sind und in einem ausgewogenen Verhältnis zueinanderstehen, kann man – so die Theorie – sich als glücklichen Menschen oder sein Leben als „geglückt" ansehen.

Nachfolgend lege ich deshalb einmal diese Glücksfaktoren für einen Vergleich der 1960er Jahre mit meiner Gegenwart zugrunde.

Freunde: Ich hatte das große Glück, sowohl in meiner Kindheit bzw. Jugend als auch heute einen Freundeskreis zu haben, auf den ich mich verlassen kann. Freunde, an die ich mich bei Problemen wenden kann und mit denen ich schöne gemeinsame Stunden verbringe.

Freude: Auch hier war ich vom Glück gesegnet. Sowohl mein Beruf als auch mein Hobby – das Gitarrespielen – haben mir immer viel Freude bereitet, ganz zu schweigen von den vielen freudigen Momenten mit meiner Familie, meinen Freunden, den Arbeitskollegen und – nicht zuletzt – meinen Schülern.

Familie: Naturgemäß hat sich das „Personal" meiner Familie im Laufe der Jahre stark geändert. In meiner Kindheit waren es die Eltern und mein Bruder sowie die Geschwister meines Vaters, die alle nicht mehr leben. Heute bin ich glücklich verheiratet und wir haben zwei wunderbare Kinder. Was will man mehr?

Fitness: Wieder Glückskind! Insgesamt habe ich mein Leben damals wie heute in ganz guter Gesundheit verbracht. Natürlich stellen sich allmählich die Zipperlein des Alters ein, aber was ist das schon im Vergleich zu einer ernsthaften Erkrankung oder Beeinträchtigung?

Finanzen: Wie meinen Berichten zu entnehmen ist, war es um Geld und Gut nicht gut bestellt in meiner Jugend. Heute, im Alter, bin ich gut versorgt mit Haus und Hof und allem, was ich brauche. Alles bestens!

Wenn Sie meine „Punkte" für die Gegenwart und die Vergangenheit unter den jeweiligen Kapiteln mitgezählt haben, wissen Sie, dass ich meine Gegenwart etwas besser bewerte als die frühen Jahre meines Lebens, um genau zu sein: 63 zu 37. Ein Ranking anhand der fünf Glücksfaktoren würde im Wesentlichen ähnlich ausfallen.

In der nachfolgenden Tabelle haben Sie, liebe Leser, die Gelegenheit, ihre eigene Vergangenheit mit ihrer Gegenwart zu vergleichen und zu bepunkten. Sehr wahrscheinlich werden Sie zu vollkommen anderen Ergebnissen kommen als ich, denn jedes Leben ist einmalig und einzigartig. Die Tabelle mag zugleich dazu dienen, ihr „frühes" Leben noch einmal Revue passieren zu lassen, so, wie ich es in diesem kleinen Buch getan habe.

Wie Commander Spock vom Raumschiff Enterprise sagen würde:

„Leben Sie glücklich und zufrieden!"

Quellenverzeichnis

Magnus Dellwig, Peter Langner (Hg.): Oberhausen, Eine Stadtgeschichte im Ruhrgebiet. Oberhausen 2014.

Stadt Oberhausen (Hg.), Wilhelm Seipp: Oberhausener Heimatbuch. Oberhausen, 1964

www.zeit.de vom 1. Juni 2018

www. weltuntergangsuhr.com

www. de.wiktionary.org/wiki (Stichworte „Blage" und „Ruhrpott")

www.kriminalpolizei.de/ausgaben/2017/maerz/detailansic ht-maerz/artikel/morde-1950-bis-2015.html

Knopp, Guido: Damals 1955. Stuttgart, 1995

Staatsvertrag für Rundfunk und Telemedien – Rundfunkstaatsvertrag (RStV) i. d. F. vom 31.08.1991

Anhang

Ihre persönliche Einschätzung

Kategorie	heute	1960er	heute	19XXer
Start	8	2		
Luft und Sonne	10	0		
Leben im Haus	5	5		
Freizeit	6	4		
Sicherheit	3	7		
Schule 1	4	6		
Schule 2	6	4		
Urlaube, Essen	8	2		
Kunst, Kultur	8	2		
Feste und Feiern	5	5		
Summe	63	37		

Meine Empfehlungen für Ihren zukünftigen Sprach-gebrauch. Wenn Sie unter 20 Punkten für die Vergangenheit liegen, dann sagen Sie ...

unter 20 Punkte: „Früher war alles schlimm, ehrlich!"

21 – 40 Punkte, „Das meiste war schlimmer als heute, aber es gab auch Gutes"

41 – 60 Punkte: „Ich bin da unentschieden. Es gab Gutes und Schlechtes"

61 – 81 Punkte „Ja, sehr vieles war besser als heute" und über 80 Punkte:

„Früher war alles besser, ganz bestimmt!"

Weitere Bücher

Der Polyphem

Der erste Kriminalroman, in dem die Gitarre eine Hauptrolle spielt.

Ein unbekanntes Mordopfer liegt, mit bloßen Händen erwürgt, in einem mit Wasser gefüllten Bombenkrater aus dem II. Weltkrieg im Schmachtendorfer Wald im Oberhausener Norden. Dem Toten wurde eine Angelschnur um den Hals gewickelt.

Ein Fall für Kommissar Horst Reiter und seine Kollegen. Zu Beginn seiner Ermittlungen ahnt er nicht, dass der Fall sehr viel mit seiner eigenen Vergangenheit und Gegenwart zu tun hat. Bis er zu dieser Erkenntnis kommt, müssen noch einige Menschen sterben.

Hauptkommissar Horst Reiter, der als junger Mann sein Gitarrenstudium nach einem sieglosen Wettbewerb in Mettmann 1985 abbrach, liebt die Konzertgitarre und deren Musik. Auf seinen Autofahrten zu den Tatorten und zu Hause hört und spielt er Gitarrenmusik, die auf der zum Buch gehörenden CD eingespielt ist. Ein spannender Krimi, nicht nur für Gitarristen.

Taschenbuch, 264 Seiten.
BOD, Norderstedt.
ISBN: 978-3-732-28513-6

Der Prinzipal

Horst Reiters zweiter Fall

Eine Einbruchserie erschüttert das Vertrauen der Schmachtendorfer Bevölkerung in ihre Polizei. Doch noch während Horst Reiter und sein Team die Einbrüche aufklären können, müssen sie sich mit dem augenscheinlichen Selbstmord des Leiters eines Berufskollegs in Duisburg auseinandersetzen.

Ein weiterer spannender Kriminalfall mit Horst Reiter, in dem die Konzertgitarre keine Nebenrolle spielt. Die zum Buch gehörende CD mit Werken von Bernardini, Behrend, Baden Powell u. a. ist auch als kostenfreier Download erhältlich.

Taschenbuch, 260 Seiten.

BOD, Norderstedt.

ISBN: 978-3- 743 – 195943

Die Musik zu den Büchern kann bei den entsprechenden Internetportalen (z. B. Spotify, Amzon music, YouTube etc.) kostenfrei abgerufen werden.

Rentner müdür

Lehrermangel und fehlende Schulleitungen im Land veranlassen die Landesregierung, pensionierte Lehrkräfte und Schuldirektoren mit Hilfe des (realen) „Opa-Erlasses" zu reaktivieren. So auch Oberstudiendirektor a. D. Herbert Reiter, der nach vier Jahren Pensionärsdasein zur Wiederaufnahme seines Dienstes an einer Problemschule, dem Georg-Kerschensteiner-Berufskolleg (GKBK) in Duisburg, überredet wird.

Schon bei der offiziellen Einführung der neuen Schulleitung am GKBK kommt es zum Eklat, weil das Kollegium heftig gegen „den Alten" protestiert und sich gegen die neue Leitung stellt. Als neuer Schulleiter löst Herbert Reiter, teilweise zusammen mit seinem Bruder, Kriminalkommissar Horst Reiter, mit Humor und Chuzpe zahlreiche inner- und außerschulische Probleme, die übrigens größtenteils auf wahren Begebenheiten beruhen.

Taschenbuch, 230 Seiten.

BOD, Norderstedt.

ISBN: 978-3-7578-5188-0

Siegfried Behrend – Stationen

Stark erweiterte und aktualisierte Neuausgabe des Buches Stationen (2000) anlässlich des 85. Geburtstages von Siegfried Behrend im November 2018. Mit zahlreichen Abbildungen und Verzeichnissen zum Leben und zum Lebenswerk dieser Ausnahmeerscheinung der Musik im Deutschland des 20. Jhd.

Mit Beiträgen von Marc Boettcher, Rüdiger Grambow, Matthias Henke, Manuel Negwer, Martin Maria Krüger, Helmut Richter und Michael Tröster.

Taschenbuch, Umfang: 200 Seiten, ca. 180 Abbildungen.
Herstellung: BoD – Books on Demand, Norderstedt, 2018.
ISBN 978-3-7460-5652-4

Weitere Publikationen und CDs siehe
www.helmut-richter.de